语言素质教育
精品读本

中小学生诵读名家美文

绘景

老舍 等◎著

中国文史出版社

图书在版编目（CIP）数据

绘景 / 老舍等著. -- 北京：中国文史出版社，
2020.2（2022.3重印）
（中小学生诵读名家美文 / 张春霞主编）
ISBN 978-7-5205-1784-3

Ⅰ.①绘… Ⅱ.①老… Ⅲ.①散文集 – 中国 – 现代
Ⅳ.①I266

中国版本图书馆CIP数据核字(2019)第267586号

责任编辑：卜伟欣

出版发行　**中国文史出版社**
社　　址：北京市海淀区西八里庄69号院　　邮编：100142
电　　话：010-81136606　81136602　81136603（发行部）
传　　真：010-81136655
印　　装：廊坊市海涛印刷有限公司
经　　销：全国新华书店
开　　本：32开
印　　张：8.25
字　　数：200千字
版　　次：2020年7月北京第1版
印　　次：2022年3月第2次印刷
定　　价：48.00元

目录 | *Contents*

I

月

巴　金

　　每次对着长空的一轮皓月，我会想：在这时候某某人也在凭栏望月吗？

　　圆月犹如一面明镜，高悬在蓝空。我们的面影都该留在镜里罢，这镜里一定有某某人的影子。

　　寒夜对镜，只觉冷光扑面。面对凉月，我也有这感觉。

　　在海上，山间，园内，街中，有时在静夜里一个人立在都市的高高露台上，我望着明月，总感到寒光冷气侵入我的身子。冬季的深夜，立在小小庭院中望见落了霜的地上的月色，觉得自己衣服上也积了很厚的霜似的。

　　的确，月光冷得很。我知道死了的星球是不会发出热力的。月的光是死的光。但是为什么还有嫦娥奔月的传说呢？难道那个服了不死之药的美女便可以使这已死的星球再生吗？或者她在那一面明镜中看见了什么人的面影罢。

繁星

巴 金

　　我爱月夜，但我也爱星天。从前在家乡，六七月间的夜晚，在庭院中纳凉时，我最爱看天空中密密麻麻的繁星。看着那星天，我就会忘掉一切，仿佛就回到母亲的怀里。

　　在南京时，我住的地方有一道后门，每晚上一打开后门，我便会起一种特别的感觉。是静寂的夜，下面是一片菜园，上面是星群密布的蓝天。星的亮光在我们的肉眼里虽然微小，然而它使我们觉得它的光明是无处不在的。那时候，我正在读一点关于天文学的书，也认得一些星，就好像它们是我的朋友，它们在和我谈话。

　　如今在海上，每晚我和繁星相对，我把它们一个个认得很熟了。我躺在舱面上，仰望着天空，深蓝色的天空里悬着无数半明半昧的星。船在动，星也在动，它们挂得那么低，真是摇摇欲坠呢！渐渐地我的眼睛模糊了，我就像看见无数的萤火虫在我周围飞舞。海上的夜是柔和的，是静寂的，是梦幻的。我望着那许多认识的星，我仿佛看见它们在眨眼，我仿佛听见它们在低声说话。这时候，我真忘掉了一切。在星的怀抱中，我微笑着，我沉睡着。我觉得自己是一个小孩子，现在睡在母亲的怀里了。

荷塘月色

朱自清

　　这几天心里颇不宁静。今晚在院子里坐着乘凉，忽然想起日日走过的荷塘，在这满月的光里，总该另有一番样子吧。月亮渐渐地升高了，墙外马路上孩子们的欢笑，已经听不见了；妻在屋里拍着闰儿，迷迷糊糊地哼着眠歌。我悄悄地披了大衫，带上门出去。

　　沿着荷塘，是一条曲折的小煤屑路。这是条幽僻的路；白天也少人走，夜晚更加寂寞。荷塘四面，长着许多树，蓊蓊郁郁的。路的一旁，是些杨柳，和一些不知道名字的树。没有月光的晚上，这路上阴森森的，有些怕人。今晚却很好，虽然月光也还是淡淡的。

　　路上只我一个人，背着手踱着。这一片天地好像是我的；我也像超出了平常的自己，到了另一个世界里。我爱热闹，也爱冷静；爱群居，也爱独处。像今晚上，一个人在这苍茫的月下，什么都可以想，便觉是个自由的人。白天里一定要做的事，一定要说的话，现在都可不理。这是独处的妙处，我且受用这无边的荷香月色好了。

曲曲折折的荷塘上面，弥望的是田田的叶子。叶子出水很高，像亭亭的舞女的裙。层层的叶子中间，零星地点缀着些白花，有袅娜地开着的，有羞涩地打着朵儿的；正如一粒粒的明珠，又如碧天里的星星，又如刚出浴的美人。微风过处，送来缕缕清香，仿佛远处高楼上渺茫的歌声似的。这时候叶子与花也有一丝的颤动，像闪电般，霎时传过荷塘的那边去了。叶子本是肩并肩密密地挨着，这便宛然有了一道凝碧的波痕。叶子底下是脉脉的流水，遮住了，不能见一些颜色；而叶子却更见风致了。

月光如流水一般，静静地泻在这一片叶子和花上。薄薄的青雾浮起在荷塘里。叶子和花仿佛在牛乳中洗过一样；又像笼着轻纱的梦。虽然是满月，天上却有一层淡淡的云，所以不能朗照；但我以为这恰是到了好处——酣眠固不可少，小睡也别有风味的。月光是隔了树照过来的，高处丛生的灌木，落下参差的斑驳的黑影，峭楞楞如鬼一般；弯弯的杨柳的稀疏的倩影，却又像是画在荷叶上。塘中的月色并不均匀；但光与影有着和谐的旋律，如梵婀玲上奏着的名曲。

荷塘的四面，远远近近，高高低低都是树，而杨柳最多。这些树将一片荷塘重重围住；只在小路一旁，漏着几段空隙，像是特为月光留下的。树色一例是阴阴的，乍看像一团烟雾；但杨柳的丰姿，便在烟雾里也辨得出。树梢上隐隐约约的是一带远山，只有些大意罢了。树缝里也漏着一两点路灯光，没精打采的，是渴睡人的眼。这时候最热闹的，要数树上的蝉声与水里的蛙声；但热闹是它们的，我什么也没有。

忽然想起采莲的事情来了。采莲是江南的旧俗，似乎很早就有，而六朝时为盛；从诗歌里可以约略知道。采莲的是少年的女子，她们是荡着小船，唱着艳歌去的。采莲人不用说很多，还有看采莲的人。那是一个热闹的季节，也是一个风流的季节。梁元帝《采莲赋》里说得好：

于是妖童媛女，荡舟心许，鹢首徐回，兼传羽杯；棹将移而藻挂，船欲动而萍开。尔其纤腰束素，迁延顾步；夏始春余，叶嫩花初，恐沾裳而浅笑，畏倾船而敛裾。

可见当时嬉游的光景了。这真是有趣的事，可惜我们现在早已无福消受了。

于是又记起《西洲曲》里的句子：

采莲南塘秋，莲花过人头；低头弄莲子，莲子清如水。

今晚若有采莲人，这儿的莲花也算得"过人头"了；只不见一些流水的影子，是不行的。这令我到底惦着江南了。——
这样想着，猛一抬头，不觉已是自己的门前；轻轻地推门进
去，什么声息也没有，妻已睡熟好久了。

月迹

贾平凹

我们这些孩子，什么都觉得新鲜，常常又什么都不觉得满足。中秋的夜里，我们在院子里盼着月亮，好久却不见出来，便坐回中堂里，放了竹窗帘儿闷着，缠奶奶说故事。奶奶是会说故事的，说了一个，还要再说一个……奶奶突然说：

"月亮进来了！"

我们看时，那竹窗帘儿里，果然有了月亮，款款地，悄没声儿地溜进来，出现在窗前的穿衣镜上了：原来月亮是长了腿的，爬着那竹帘格儿，先是一个白道儿，再是半圆，渐渐地爬得高了，穿衣镜上的圆便满盈了。我们都高兴起来，又都屏气儿不出，生怕那是个尘影儿变的，会一口气吹跑呢。月亮还在竹帘儿上爬，那满圆却慢慢儿又亏了，缺了；末了，便全没了踪迹，只留下一个空镜，一个失望。奶奶说：

"它走了，它是匆匆的；你们快出去寻月吧。"

我们就都跑出门去，它果然就在院子里，但再也不是那么一个满满的圆了，进院了的白光，是玉玉的，银银的，灯光也没有这般儿亮的。院子的中央处，是那棵粗粗的桂树，疏疏的枝，疏疏的叶，桂花还没有开，却有了累累的骨朵儿了。我们都走近去，不知道那个满圆儿去哪儿了，却疑心这骨朵儿是繁星儿变的；抬头看着天空，星儿似乎就比平日少了许多。月亮正在头顶，明显大多了，也圆多了，清清晰晰看见里边有了什么东西。

"奶奶，那月上是什么呢？"我问。

"是树，孩子。"奶奶说。

"什么树呢？"

"桂树。"

我们都面面相觑了，倏忽间，哪儿好像有了一种气息，就在我们身后袅袅，到了头发梢儿上，添了一种淡淡的痒痒的感觉，似乎我们已在了月里，那月桂分明就是我们身后的这一棵了。

奶奶瞧着我们，就笑了：

"傻孩子，那里边已经有人了呢。"

"谁？"我们都吃惊了。

"嫦娥。"奶奶说。

"嫦娥是谁？"

"一个女子。"

哦，一个女子。我想：月亮里，地该是银铺的，墙该是玉砌的，那么好个地方，配住的一定是十分漂亮的女子了。

"有三妹漂亮吗？"

"和三妹一样漂亮的。"

三妹就乐了：

"啊啊！月亮是属于我的了！"

三妹是我们中最漂亮的，我们都羡慕起来，看着她的狂样儿，心里却有了一股儿的嫉妒。我们便争执了起来，每个人都说月亮是属于自己的。奶奶从屋里端了一壶甜酒出来，给我们每人倒了一小杯儿，说："孩子们，你们瞧瞧你们的酒杯，你们都有一个月亮哩！"

我们都看着那杯酒，果真里边就浮起一个小小的月亮的满圆。捧着，一动不动的，手刚一动，它便酥酥地颤，使人可怜儿的样子。大家都喝下肚去，月亮就在每一个人的心里了。

奶奶说："月亮是每个人的，它并没有走，你们再去找吧。"

我们越发觉得奇了，便在院里找起来。妙极了，它真没有走去，我们很快就在葡萄叶儿上、瓷花盆儿上、爷爷的锨刃儿上发现了。我们来了兴趣，竟寻出了院门。

院门外，便是一条小河。河水细细的，却漫着一大片的净沙；全没白日那么的粗糙，灿灿地闪着银光。我们从沙滩上跑过去，弟弟刚站到河的上湾，就大呼小叫了："月亮在这儿！"

妹妹几乎同时在下湾喊道："月亮在这儿！"

我两处去看了，两处的水里都有月亮，沿着河沿跑，而且哪一处的水里都有月亮了。我们都看起天上，我突然又在弟弟妹妹的眼睛里看见了小小的月亮。我想，我的眼睛里也一定是会有的。噢，月亮竟是这么多的：只要你愿意，它就有了哩。

我们就坐在沙滩上，掬着沙儿，瞧那光辉，我说："你们说，月亮是个什么呢？"

"月亮是我所要的。"弟弟说。

"月亮是个女子。"妹妹说。

我同意他们的话。正像奶奶说的那样：它是属于我们的，每个人的。我们就又仰起头来看那天上的月亮，月亮白光光的，在天空上。我突然觉得，我们有了月亮，那无边无际的天空也是我们的了，那月亮不是我们按在天空上的印章吗？

大家都觉得满足了，身子也来了困意，就坐在沙滩上，相依相偎地甜甜地睡了一会儿。

月亮来大海做客了

张秋生

那一晚，我来到大海边上。

——大海真安静。

海涛温柔地拍打着，发出梦呓般的声响，片片光亮，随着海涛的涌动，闪闪烁烁，像一天的繁星。

哦，在闪烁的繁星中，我瞧见一轮晃动着的圆月亮。

月亮，她来海里做客了。

鱼儿，浪花和海面上飘动着的雾气，都聚集在圆月亮的周围，听她讲述着遥远天穹里的童话。

——讲述着星星、云朵和雁群的童话。

那一晚，月亮来大海做客了。

所以，大海显得如此温馨而多情。

雾

茅　盾

雾遮没了正对着后窗的一带山峰。

我还不知道这些山峰叫什么名儿。我来此的第一夜就看见那最高的一座山的顶巅像钻石装成的宝冕似的灯火。那时我的房里还没有电灯，每晚上在暗中默坐，凝望这半空的一片光明，使我记起了儿时所读的童话。实在的呢，这排列得很整齐的依稀分为三层的火球，衬着黑魆魆的山峰的背景，无论如何，是会引起非人间的缥缈的思想的。

但在白天看来，却就平凡得很。并排的五六个山峰，差不多高低，就只最西的一峰戴着一簇房子，其余的仅只有树；中间最大的一峰竟还有濯濯地一大块，像是癞子头上的疮疤。

现在那照例的晨雾把什么都遮没了；就是稍远的电线杆也躲得毫无影踪。

渐渐地太阳光从浓雾中钻出来了。那也是可怜的太阳呢！

光是那样的淡弱。随后它也躲开，让白茫茫的浓雾吞噬了一切，包围了大地。

我诅咒这抹杀一切的雾！

我自然也讨厌寒风和冰雪。但和雾比较起来，我是宁愿后者呵！寒风和冰雪的天气能够杀人，但也刺激人们活动起来奋斗。雾，雾呀，只使你苦闷，使你颓唐阑珊，像陷在烂泥淖中，满心想挣扎，可是无从着力呢！

傍午的时候，雾变成了牛毛雨，像帘子似的老是挂在窗前。两三丈以外，便只见一片烟云——依然遮抹一切，只不是雾样的罢了。没有风。门前池中的残荷梗时时忽然急剧地动摇起来，接着便有红鲤鱼的活泼泼地跳跃划破了死一样平静的水面。

我不知道红鲤鱼的轨外行动是不是为了不堪沉闷的压迫？在我呢，既然没有杲杲的太阳，便宁愿有疾风大雨，很不耐这愁雾的后身的牛毛雨老是像帘子一样挂在窗前。

雾

贺　宜

呀，好大的雾！

白烟滚滚，遮住了树林，遮住了大路；遮住了他，遮住了我；听见你的声音，不看见你的面目。

太阳尽睡着；晓风尽睡着。

这雾多浓密哟，多神秘哟，统治了这寒冷的潮湿的世界。

这雾，他沉住了人的气，他掩蔽了人间的丑恶。礼拜堂的钟响着，鸽子的铃响着，在天空荡过，划过。

太阳在山顶上伸懒腰了；晓风在海边跨着大步闯来了。

这雾呀，哼，凭他多浓密，多神秘，这时候，轻轻地静静地溜走了。

露水

（苏联）普里什文

　　从田野、草地、河上袅袅升起的雾霭，渐渐消融在澄碧的天空中，然而在树林子里雾却要滞留很久。太阳升高后，一道道阳光便穿过林中的雾射入密林深处，在密林中你可以笔直对着这些阳光看，甚至给它们数数，照相。

　　林中的绿径仿佛一直在冒烟，到处都升起雾气，水汽像一颗颗珍珠，凝聚在树叶上、针叶上、蜘蛛网上、电报线上。随着太阳逐渐升高，空气渐渐变热，电报线上的水珠开始汇合，水珠变得稀疏了。树上也如此，那里的水珠也同样一颗颗汇合拢来。

　　当太阳终于把电报线烤得滚烫之后，大颗大颗泛出虹霓色彩的水珠便滴落到地上。林中的树叶上也同样纷纷流下水珠，但不是像下雨，而是像流下喜悦的泪水。尤其山杨更是喜悦得浑身发颤，高处落下一滴水珠，下边一片敏感的树叶便颤动起来，越到下边颤动得越厉害。尽管没有一息风，整棵山杨树却由于水珠下滴而熠熠闪光，颤动不已。

在此期间，一些高度戒备的蜘蛛网已经晒干，蜘蛛开始绷紧它的传递信息的丝网。一只啄木鸟在啄着云杉，一只鸫鸟在啄食花椒。

（叶尔湉 译）

晨霜

（日本）德富芦花

我爱霜，爱它清凛，洁净；爱它能报知响晴的天气。

最清美的，是那白霜映衬下的朝阳。

有一年十二月的末尾，我一大早从大船户塚这地方经过。那是个罕见的霜晨，田野和房舍上像下了一层薄薄的细雪，村庄的竹林和常绿树上也是一片银白。

顷刻间，东方天空露出了金色，杳杳旭日，升上没有一丝云翳的空中，霞光万道，照耀着田野、农家。那粒粒白霜，皎洁晶莹，对着太阳的一面，银光闪烁；背着太阳的一面，透映着紫色的暗影。农舍、竹林，以及田地里堆积的稻草垛，就连那一寸高的稻茬上，也是半明半暗，半白半紫。一眼望去，所见之处，银光紫影，相映成趣。紫影中仍然可以隐隐约约看到霜，大地简直成了一块紫水晶。

一个农夫站在霜地里烧稻草，青烟蓬蓬，散开去，遮蔽了太阳，变成银白色。逢到霜重，那青烟竟也带上了一层淡紫色。

于是，我爱霜，爱得越发深沉了。

（陈德文 刘晨 译）

春风

林斤澜

　　北京人说："春脖子短。"南方来的人觉着这个"脖子"有名无实，冬天刚过去，夏天就来到眼前了。

　　最激烈的意见是："哪里会有什么春天，只见起风、起风，成天刮土、刮土，眼睛也睁不开，桌子一天擦一百……"

　　其实，意见里说的景象，不冬不夏，还得承认是春天。不过不像南方的春天，那也的确。褒贬起来着重于春风，也有道理。

　　起初，我也怀念江南的春天，"暮春三月，江南草长，杂花生树，雏莺乱飞"这样的名句是些老窖名酒，是色香味俱全的。这四句里没有提到风，风原是看不见的，又是无所不在的。江南的春风抚摸大地，像柳丝的飘拂；体贴万物，像细雨的滋润。这才草长，花开，莺飞……

　　北京的春风真就是刮土吗？后来我有了别样的体会，那是乡下的好处。

我在京西的大山里、京东的山边上，曾数度"春脖子"。背阴的岩下，积雪不管立春、春分，只管冷森森的没有开化的意思。是潭、是溪、是井台还是泉边，凡带水的地方，都坚持着冰块、冰砚、冰溜、冰碴……一夜之间，春风来了。忽然，从塞外的苍苍草原、莽莽沙漠，滚滚而来。从关外扑过山头，漫过山梁，插山沟，灌山口，呜呜吹号，哄哄呼啸，飞沙走石，扑在窗户上，撒拉撒拉，扑在人脸上，如无数的针扎。

轰的一声，是哪里的河水开裂吧。嘎的一声，是碗口粗的病枝刮折了。有天夜间，我住的石头房子的木头架子，咯啦啦、咯啦啦响起来，晃起来。仿佛冬眠惊醒，伸懒腰，动弹胳臂腿，浑身关节挨个儿咯啦啦、咯啦啦的松动。

麦苗在霜冻里返青了，山桃在积雪里鼓苞了。清早，着大头鞋，穿老羊皮背心，使荆条背篓，背带冰碴的羊粪，绕山嘴，上山梁，爬高高的梯田，春风呼哧呼哧地帮助呼哧呼哧的人们，把粪肥抛撒匀净。好不痛快人也。

北国的山民，喜欢力大无穷的好汉。到得喜欢得不行时，连捎带来的粗暴也只觉得解气。要不，请想想，柳丝飘拂般的抚摸，细雨滋润般的体贴，又怎么过草原、走沙漠、扑山梁？又怎么踢打得开千里冰封和遍地赖着不走的霜雪？

如果我回到江南，老是乍暖还寒，最难将息，老是牛角淡淡的阳光，牛尾蒙蒙的阴雨，整天好比穿着湿布衫，墙角落里发霉，长蘑菇，有死耗子味儿。

　　能不怀念北国的春风！

雨天

（印度）泰戈尔

乌云很快地集拢在森林的黝黑的边缘上。

孩子，不要出去呀！

湖边的一行棕树，向暝暗的天空撞着头；乌鸦耷拉着翅膀静静地栖在罗望子树枝头，河的东岸正渗透着愈益浓重的晦暗。羽毛零乱的乌鸦，静悄悄地栖在罗望子的枝上，河的东岸正被乌沉沉的暝色所侵袭。

我们的牛系在篱上，高声鸣叫。

孩子，在这里等着，等我先把牛牵进牛棚里去。

许多人都挤在池水泛溢的田间，捉那从泛溢的池中逃出来的鱼儿；雨水成了小河，流过狭巷，好像一个嬉笑的孩子从他妈妈那里跑开，故意要恼她一样。

听呀，有人在浅滩上喊船夫呢。

孩子，天色暝暗了，渡头的摆渡船已经停了。

天空好像是在滂沱的雨上快跑着；河里的水喧叫而且暴躁；妇人们早已拿着汲满了水的水罐，从恒河畔匆匆地回家了。

夜里用的灯，一定要预备好。

孩子，不要出去呀！

到市场去的大道已没有人走，到河边去的小路又很滑。风在竹林里咆哮着、挣扎着，好像一只落在网中的野兽。

（郑振铎 译）

雷雨前

茅　盾

清早起来，就走到那座小石桥上。摸一摸桥石，竟像还带点热。昨天整天里没有一丝儿风。晚快边响了一阵子干雷，也没有风，这一夜就闷得比白天还厉害。天快亮的时候，这桥上还有两三个人躺着，也许就是他们把这些石头又困得热烘烘。

满天里张着个灰色的幔。看不见太阳。然而太阳的威力好像透过了那灰色的幔，直逼着你头顶。

河里连一滴水也没有了，河中心的泥土也裂成乌龟壳似的。田里呢，早就像开了无数的小沟，——有两尺多阔的，你能说不像沟么？那些苍白色的泥土，干硬得就跟水门汀差不多。好像它们过了一夜工夫还不曾把白天吸下去的热气吐完，这时它们那些扁长的嘴巴里似乎有白烟一样的东西往上冒。

站在桥上的人就同浑身的毛孔全都闭住，心口泛淘淘，像要呕出什么来。

　　这一天上午，天空老张着那灰色的幔，没有一点点漏洞，也没有动一动。也许幔外边有的是风，但我们罩在这幔里的，把鸡毛从桥头抛下去，也没见它飘飘扬扬踱方步。就跟住在抽出了空气的大筒里似的，人张开两臂用力进行一次深呼吸，可是吸进来只是热辣辣的一股闷气。

　　汗呢，只管钻出来，钻出来，可是胶水一样，胶得你浑身不爽快，像结了一层壳。

　　午后三点钟光景，人像快要干死的鱼，张开了一张嘴，忽然天空那灰色的幔裂了一条缝！不折不扣一条缝！像明晃晃的刀口在这幔上划过。然而划过了，幔又合拢，跟没有划过的时候一样，透不进一丝儿风。一会儿，长空一闪，又是那灰色的幔裂了一次缝。然而中什么用？

　　像有一只巨人的手拿着明晃晃的大刀在外边想挑破那灰色的幔，像是这巨人已在咆哮发怒越来越紧了，一闪一闪满天空瞥过那大刀的光亮，隆隆隆，幔外边来了巨人的愤怒的吼声！

　　猛可地闪光和吼声都没有了，还是一张密不通风的灰色的幔！

　　空气比以前加倍闷！那幔比以前加倍厚！天加倍黑！

　　你会猜想这时那幔外边的巨人在揩着汗，歇一口气；你断得定他还要进攻。你焦躁地等着，等着那挑破灰色幔的大刀的一闪电光，那隆隆隆的怒吼声。

　　可是你等着，等着，却等来了苍蝇。它们从龌龊的地方飞出来，嗡嗡嗡的，绕住你，叮你的涂一层胶似的皮肤。戴红顶子像个大员模样的金苍蝇刚从粪坑里吃饱了来，专拣你的鼻子尖上蹲。

也等来了蚊子。哼哼哼地，像老和尚念经，或者老秀才读古文。苍蝇给你传染病，蚊子却老是要喝你的血呢！

你跳起来拿着蒲扇乱扑，可是赶走了这一边的，那一边又是一大群乘隙进攻。你大声叫喊，它们只回答你个哼哼哼，嗡嗡嗡！

外边树梢头的蝉儿却在那里唱高调："要死哟！要死哟！"

你汗也流尽了，嘴里干得像烧，你手里也软了，你会觉得世界末日也不会比这再坏！

然而猛可地电光一闪，照得屋角里都雪亮。幔外边的巨人一下子把那灰色的幔扯得粉碎了！轰隆隆，轰隆隆，他胜利地叫着。胡——胡——挡在幔外边整整两天的风开足了超高速度扑来了！蝉儿噤声，苍蝇逃走，蚊子躲起来，人身上像剥落了一层壳那么一爽。

霍！霍！霍！巨人的刀光在长空飞舞。

轰隆隆，轰隆隆，再急些！再响些吧！

让大雷雨冲洗出个干净清凉的世界！

雨前

何其芳

最后的鸽群带着低弱的笛声在微风里划一个圈子后，也消失了。也许是误认这灰暗的凄冷的天空为夜色的来袭，或是也预感到风雨的将至，遂过早地飞回它们温暖的木舍。

几天的阳光在柳条上撒下的一抹嫩绿，被尘土掩埋得有憔悴色了，是需要一次洗涤。还有干裂的大地和树根也早已期待着雨。雨却迟疑着。

我怀想着故乡的雷声和雨声。那隆隆的有力的搏击，从山谷返响到山谷，仿佛春之芽就从冻土里震动，惊醒，而怒茁出来。细草样柔的雨声又以温存之手抚摩它，使它簇生油绿的枝叶而开出红色的花。这些怀想如乡愁一样萦绕得使我忧郁了。我心里的气候也和这北方大陆一样缺少雨量，一滴温柔的泪在我枯涩的眼里，如迟疑在这阴沉的天空里的雨点，久不落下。

白色的鸭也似有一点烦躁了，有不洁的颜色的都市的河沟里传出它们焦急的叫声。有的还未厌倦那船一样的徐徐的划行。有的却倒插它们的长颈在水里，红色的蹼趾伸在尾后，不停地扑击着水以支持身体的平衡。不知是在寻找沟底的细微的食物，还是贪那深深的水里的寒冷。

有几个已上岸了。在柳树下来回地作绅士的散步，舒息划行的疲劳。然后参差地站着，用嘴细细地梳理它们遍体白色的羽毛，间或又摇动身子或扑展着阔翅，使那缀在羽毛间的水珠坠落。一个已修饰完毕的，弯曲它的颈到背上，长长的红嘴藏没在翅膀里，静静合上它白色的茸毛间的小黑睛，仿佛准备睡眠。可怜的小动物，你就是这样做你的梦吗？

我想起故乡放雏鸭的人了。一大群鹅黄色的雏鸭游牧在溪流间。清浅的水，两岸青青的草，一根长长的竹竿在牧人的手里。他的小队伍是多么欢欣地发出啾啁声，又多么驯服地随着他的竿头越过一个田野又一个山坡！夜来了，帐幕似的竹篷撑在地上，就是他的家。但这是怎样辽远的想象呵！在这多尘土的国土里，我仅只希望听见一点树叶上的雨声。一点雨声的幽凉滴到我憔悴的梦，也许会长成一树圆圆的绿荫来覆荫我自己。

我仰起头。天空低垂如灰色的雾幕，落下一些寒冷的碎屑到我脸上。一只远来的鹰隼仿佛带着怒愤，对这沉重的天色的怒愤，平张的双翅不动地从半空斜插下，几乎触到河沟对岸的土阜，而又鼓扑着双翅，做出猛烈的声响腾上了。那样巨大的翅使我惊异。我看见了它两肋间斑白的羽毛。

接着听见了它有力的鸣声，如同一个巨大的心的呼号，或是在黑暗里寻找伴侣的叫唤。

然而雨还是没有来。

雨

郁达夫

　　周作人先生名其书斋曰"苦雨"，恰正与东坡的喜雨亭名相反。其实，北方的雨，却都可喜，因其难得之故。像今年那么大的水灾，也并不是雨多的必然结果；我们应该责备治河的人，不事先预防，只晓得糊涂搪塞，虚糜国帑，一旦有事，就互相推诿，但救目前。人生万事，总得有个变换，方觉有趣；生之于死，喜之于悲，都是如此，推及天时，又何尝不然？无雨哪能见晴之可爱，没有夜也将看不出昼之光明。

　　我生长江南，按理是应该不喜欢雨的；但春日暝蒙，花枝枯竭的时候，得几点微雨，又是一件多么可爱的事情！"小楼一夜听春雨""杏花春雨江南""天街细雨润如酥"，从前的诗人，早就先我说过了。夏天的雨，可以杀暑，可以润禾，它的价值的大，更可以不必再说。而秋雨的霏微凄冷，又是另一种境地，昔人所谓"雨到深秋易作霖，萧萧难会此时心"的诗句，就在说秋雨的耐人寻味。至于秋女士的"秋雨秋风愁煞人"的一声长叹，乃别有怀抱者的托辞，人自愁耳，何关雨事。三冬的寒雨，爱的人恐怕不多。但"江关雁声来渺渺，灯昏官漏听沉沉"的妙处，若非身历其境者决领悟不到。记得曾宾谷曾以《诗品》中语名诗，叫作《赏雨茅屋斋诗集》。他的诗境如何，我不晓得，但"赏雨茅屋"这四个字，真是多么的有趣！尤其是到了冬初秋晚，正当"苍山寒气深，高林霜叶稀"的时节。

雨之歌

（黎巴嫩）纪伯伦

我们是上帝从天上撒下的银线；大自然将我们接住，用我们来美化山川。

我们是从阿斯塔特女神王冠上落下来的美丽的珍珠，早晨的女儿抢走了我们，将我们撒遍大地。

我在哭，一个个小山丘却在笑；我往下掉，花儿们却高高地昂起了头。

乌云和大地是一对恋人，我同情他们，并为他们传递书信。我倾注着，冲淡了他们俩中间的这一个的强烈欲念，抚慰了另一个的受创的心灵。

雷声和闪电预报着我的到来，天空的彩虹宣布了我旅程的终结。生活就是这样，它从愤怒的雷电脚下开始，然后在安谧的死亡的怀抱里结束。

我从海里升起，在太空的羽翼上翱翔。看到美丽的花园，我就下降，我去亲吻鲜花的嘴唇，拥抱树木的枝条。

万籁俱寂，我用纤细的手指敲着窗上的水晶玻璃，这声音组成了歌曲，使多愁善感的心灵沉醉。

大气的炎热生育了我，我却要驱散这炎热的大气，正像女人一样，她们总是从男人那里取得了征服他们的力量。

我是海洋的叹息，是苍穹的眼泪，也是大地的微笑。爱情也是这样，它是感情的海洋里发出的叹息，是沉思的天空滴下的泪水，是心田里浮出的微笑。

（苏龄 哲渠 译）

雨

刘半农

　　妈！我今天要睡了——要靠着我的妈早些睡了。听！后面草地上，更没有半点声音；是我的小朋友们，都靠着他们的妈早些去睡了。

　　听！后面草地上，更没有半点声音；只是墨也似的黑！只是墨也似的黑！怕啊！野狗野猫在远远地叫，可不要来啊！只是那叮叮咚咚的雨，为什么还在那里叮叮咚咚地响？

　　妈！我要睡了！那不怕野狗野猫的雨，还在墨黑的草地上，叮叮咚咚地响。它为什么不回去呢？它为什么不靠着它的妈，早些睡呢？

　　妈！你为什么笑？你说它没有家吗？——昨天不下雨的时候，草地上全是月光，它到哪里去了呢？你说它没有妈妈吗？——不是你前天说，天上的黑云，便是它的妈么？

　　妈！我要睡了！你就关上了窗，不要让雨来打湿了我们的床。你就把我的小雨衣借给雨，不要让雨打湿了雨的衣裳。

春雨

（日本）德富芦花

午前春阴，午后春雨，和暖，闲适，且宁静。

逗子的梅花多为老树。八幡的梅林里，一位背着孩子的老婆婆，正在拾松叶、松子和松枝。雨从松、杉、榉的间隙里漏下来，沙沙沙，敲打着枯叶杂陈的沙土。

从村庄来到野外，麦苗郁郁青青，路边的枯草也泛起片片绿意。春雨潇潇，神武寺山的青烟迷离。樱花山头虽有斑斑白雪，然而，这山，这树，这房舍，这田园，无不在春雨里尽情洗浴。河边干枯的芦苇被草草割去了，剩下的，这里一丛，那里一簇。河床开阔了，被辟为宽广的田圃。春雨淋在一只渔网上。

梅花渍香，山茶流红，麦苗绿润，山色空濛。这是一场催春的雨啊！

日途经过，"望富士"桥头，见两只小船漂浮河面之上，盖着草席。是刚刚淘过米吧，牛乳般的泔水，从倾倒的木桶里淌出，点点滴滴，融汇在春潮里消失了。春潮带雨，清流湍急，如膏似玉。海洋上水天蒙蒙，春帆一点，穿雨而来。

暖雨

（日本）岛崎藤村

进入二月，下起暖雨了。

这是一个阴霾的日子。空中低浮着灰色的云。打下午起，就下了雨，使人骤然感到一股复苏的暖意。这样的雨，不接连下上几场，是难以治愈我们对春天无比饥渴的强烈感情的。

天上烟雨空蒙，我看到行人们打着伞，湿漉漉的马儿从眼前走过。连房檐上那单调的滴水声，听起来也令人心情高兴。

我的一直蜷缩着的身子开始舒展了，我感到说不出的快慰。走到庭院里一看，雨点洒在污秽的积雪上，簌簌有声。再来到屋外一望，残雪都被雨水溶化了，露出了暗灰色的土地。田野渐渐从冬眠中苏醒过来，呈现出一副布满砂石和泥土的面容。

蔫黄的竹林，干枯的柿树、李树，以及那些在我视野之内的所有林木，无论是干和枝，全被雨水濡湿了。像刚刚睁开眼睛一般，谁都想用这温暖的春雨洗净自己黝黑而脏污的脸孔。

流水潺潺，鸟雀聒噪，这声音听起来多么舒心！雨下着，这是一场连桑园的树根都能滋润到的透雨哩！

冰消雪解，道路泥泞。在冬天悄悄逝去的日子里，最叫人高兴的是那慢慢绽放幼芽的柳枝。穿过树梢，我遥望着黄昏时南国灰色的天空。

入夜，我独自静听着暖雨淅淅沥沥的声响。我感到，春天确乎来临了。

多情的雨

彦 火

　　见到雨，总难免滋生感情，那疏疏帘幕，仿佛是给系上感情的丝线。

　　絮雨纷飘，如果是偶然的现象，也很写意。如果太缠绵，倒使人感到腻。但这种腻，是都市人的感觉。在山村，在郊原，就是这种缠绵的春雨，给大地、草木擦得油光亮丽。

　　"春雨有五色，洒来花旋成"。春雨后，在郊野很容易看到绚丽的彩虹。有时，不一定看到彩虹。在晨运中，在山路的林木深处，我经常看到一屏微翠烟萝，如大地微微的嘘气，给绿原熏染成翠色！

　　花木经过春雨的轻濯，如少女经过一番细致的梳洗，更来得标致，是很迷人的！

　　这些日子，经过连绵的春雨后，有一天大清早，蓦然瞥见花架上的一株玫瑰，开放得很欢，那朵细细致致的花瓣，红艳艳地，宛如少女脸上的羞晕，竟说不出的娇美！

清明时节前后的春雨，人们喜欢称作"断魂雨"，那是心情使然。

慎终追远，本身已带着淡淡的哀愁，再加上缠绵的春雨，也就愁上愁了。但这无形中，使人们对这一悼念祖先的节日，更感深刻难忘了！

北宋名妓聂胜卿有一首很驰名的《鹧鸪天》，以雨寄愁，其中有两句是这样写的："枕前泪共阶前雨，隔个窗儿滴到明。"

一串串的檐滴，对一个飘零女子来说，是透着孤寂和凄清的。但，假使没有雨，有哪个愿跟孤苦的她长流泪啊！

就个人来说，却是很喜欢阶前雨。幼年时在家乡，每逢晚上下起潇潇的雨，总是感到莫名的欣愉，尤其是溽暑天，雨夜特别凉快，那时是另一番的况味：枕前梦共阶前雨，隔个窗儿睡到明！

这是儿时的雨梦录！

"清风醒病胃，快雨破烦心"，雨不但不恼人，还可以涤除烦恼。这是古人说的。

这里指的快雨，不是毛毛雨，而是清清快快，淋淋漓漓的雨。

有时天气闷热，加上心情不好，是顶烦闷的事。忽地来了一场大雨，暑气尽消，人也清明起来，那股子闷气儿也给滤净了！

　　有些人或许有这样的经验，在受到一次重大的挫折或打击后，跑到雨中淋一个精透，犹如服了一包清凉剂，烘热的头脑骤然冷静下来，在冰凉中感到难言的痛快！

　　雨，是多情的。

雪

鲁迅

　　暖国的雨，向来没有变过冰冷的坚硬的灿烂的雪花。博识的人们觉得他单调，他自己也以为不幸否耶？江南的雪，可是滋润美艳之至了；那是还在隐约着的青春的消息，是极壮健的处子的皮肤。雪野中有血红的宝珠山茶，白中隐青的单瓣梅花，深黄的磬口的蜡梅花；雪下面还有冷绿的杂草。蝴蝶确乎没有；蜜蜂是否来采山茶花和梅花的蜜，我可记不真切了。但我的眼前仿佛看见冬花开在雪野中，有许多蜜蜂们忙碌地飞着，也听得他们嗡嗡地闹着。

　　孩子们呵着冻得通红，像紫芽姜一般的小手，七八个一齐来塑雪罗汉。因为不成功，谁的父亲也来帮忙了。罗汉就塑得比孩子们高得多，虽然不过是上小下大的一堆，终于分不清是壶卢还是罗汉，然而很洁白，很明艳，以自身的滋润相粘结，整个地闪闪地生光。孩子们用龙眼核给他做眼珠，又从谁的母亲的脂粉奁中偷得胭脂来涂在嘴唇上。这回确是一个大阿罗汉了。他也就目光灼灼地嘴唇通红地坐在雪地里。

第二天还有几个孩子来访问他；对了他拍手，点头，嬉笑。但他终于独自坐着了。晴天又来消释他的皮肤，寒夜又使他结一层冰，化作不透明的水晶模样，连续的晴天又使他成为不知道算什么，而嘴上的胭脂也褪尽了。

但是，朔方的雪花在纷飞之后，却永远如粉，如沙，他们决不粘连，撒在屋上，地上，枯草上，就是这样。屋上的雪是早已就有消化了的，因为屋里居人的火的温热。别的，在晴天之下，旋风忽来，便蓬勃地奋飞，在日光中灿灿地生光，如包藏火焰的大雾，旋转而且升腾，弥漫太空，使太空旋转而且升腾地闪烁。

在无边的旷野上，在凛冽的天宇下，闪闪地旋转升腾着的是雨的精魂……

是的，那是孤独的雪，是死掉的雨，是雨的精魂。

雪

梁实秋

李白句："燕山雪花大如席。"这话靠不住，诗人夸张，犹"白发三千丈"之类。据科学的报道，雪花的结成视当时当地的气温状况而异，最大者直径三至四英寸。大如席岂不一片雪花就可以把整个人盖住？雪，是越下得大越好，只要是不成灾。雨雪霏霏，像空中撒盐，像柳絮飞舞，缓缓然下，真是有趣，没有人不喜欢。有人喜雨，有人苦雨，不曾听说谁厌恶雪。就是在冰天雪地的地方，爱斯基摩人也还利用雪块砌成圆顶小屋，住进去暖和得很。

赏雪，须先肚中不饿。否则雪虐风饕之际，饥寒交迫，就许一口气上不来，焉有闲情逸致去细数"一片一片又一片，飞入梅花都不见"？后汉有位袁安，大雪塞门，无有行路，人谓已死，洛阳令令人除雪，发现他在屋里僵卧，问他为什么不出来，他说："大雪人皆饿，不宜干人。"此公戆得可爱，自己饿，料想别人也饿，我相信袁安僵卧的时候一定吟不出"风吹雪片似花落"之类的句子。晋王子犹居山阴的夜雪初霁，月色清朗，忽然想起远在剡的朋友戴安道，即便夜乘小舟就之，经宿方至，造门不前而返。假如没有那一场大雪，他固然不会发此奇兴，假如他自己饘粥不继，他也不会风雅到夜乘小船去空走一遭。至于谢安一门风雅，寒雪之日与儿女吟诗，更是富贵人家事。

　　一片雪花含有无数的结晶，一粒结晶又有好多好多的面，每个面都反射着光，所以雪才显着那样的洁白。我年轻时候听说从前有烹雪论茗的故事，一时好奇，便到院里就新降的积雪掬起表面的一层，放在甑里融成水，煮沸，走七步，用小宜兴壶，沏大红袍，倒在小茶盅里，细细品啜之，举起喝干了的杯子就鼻端猛嗅三两下——我一点也不觉得两腋生风，反而觉得舌本闲强。我再检视那剩余的雪水，好像有用矾打的必要！空气污染，雪亦不能保持其清白。有一年，我在汴洛道上行役，途中车坏，时值大雪，前不巴村后不着店，饥肠辘辘，乃就路边草棚买食，主人飨我以挂面，我大喜过望。但是煮面无水，主人取洗脸盆，舀路旁积雪，以混沌沌的雪水下面。虽说饥者易为食，这样的清汤挂面也不是顶容易下咽的。从此我对于雪，觉得只可远观，不可亵玩。苏武饥吞毡渴饮雪，那另当别论。

　　雪的可爱处在于它的广被大地，覆盖一切，没有差别。冬夜拥被而眠，觉寒气袭人，蜷缩不敢动，凌晨张开眼皮，窗棂窗帘隙处有强光闪映大异往日，起来推窗一看——啊，白茫茫一片银世界。竹枝松叶顶着一堆堆的白雪，权芽老树也都镶了银边。朱门与蓬户同样地蒙受它的沾被，雕栏玉砌与瓮牖桑枢没有差别待遇。地面上的坑穴洼溜，冰面上的枯枝断梗，路面上的残刍败屑，全都罩在天公抛下的一件鹤氅之下。雪就是这样的大公无私，装点了美好的事物，也遮掩了一切的污秽，虽然不能遮掩太久。

雪最有益于人之处是在农事方面，我们靠天吃饭，自古以来就看上天的脸色，"上天同云，雨雪雰雰。……既沾既足，生我百谷。"俗语所说"瑞雪兆丰年"，即今冬积雪，明年将丰之谓。不必"天大雪，至于牛目"，盈尺就可成为足够的宿泽。还有人说雪宜麦而辟蝗，因为蝗遗子于地，雪深一尺则入地一丈，连虫害都包治了。我自己也有过一点类似的经验，堂前有芍药两栏，书房檐下有玉簪一畦，冬日几场大雪扫积起来，堆在花栏花圃上面，不但可以使花根保暖，而且来春雪融成了天然的润溉，大地回苏的时候果然新苗怒发，长得十分茁壮，花团锦簇。我当时觉得比堆雪人更有意义。

据说有一位枭雄吟过一首咏雪的诗："黄狗身上白，白狗身上肿，出门一啊喝，天下大一统。"俗话说"官大好吟诗"，何况一位枭雄在夤缘际会踌躇满志的时候？这首诗不是没有一点巧思，只是趣味粗犷得可笑，这大概和出身与气质有关。相传法国皇帝路易十四写了一首三节联韵诗，自鸣得意，征求诗人批评家布洼娄的意见，布洼娄说："陛下无所不能，陛下欲做一首歪诗，果然做成功了。"我们这位枭雄的咏雪，也应该算是很出色的一首歪诗。

雪夜

（法国）莫泊桑

黄昏时分，纷纷扬扬地下了一天的雪，终于渐下渐止。沉沉夜幕下的大千世界，仿佛凝固了，一切生命都悄悄进入了睡乡。或近或远的山谷、平川、树林、村落……在雪光映照下，银装素裹，分外妖娆。这雪后初霁的夜晚，万籁俱寂，了无生气。

蓦地，从远处传来一阵凄厉的叫声，冲破这寒夜的寂静。那叫声，如泣如诉，若怒若怨，听来令人毛骨悚然！喔，是那条被主人放逐的老狗，在前村的篱畔哀鸣：是在哀叹自己的身世，还是在倾诉人类的寡情？

漫无涯际的旷野平畴，在白雪的覆压下蜷缩起身子，好像连挣扎一下都不情愿的样子。那遍地的萋萋芳草，匆匆来去的游蜂浪蝶，如今都藏匿得无迹可寻。只有那几棵百年老树，依旧伸展着枝丫的秃枝，像是鬼影憧憧，又像那白骨森森，给雪后的夜色平添上几分悲凉、凄清。

茫茫太空，默然无语地注视着下界，越发显出它的莫测高深。雪层背后，月亮露出了灰白色的脸庞，把冷冷的光洒向人间，使人更感到寒气袭人。和月亮做伴的，唯有寥寥的几点寒星，致使她也不免感叹这寒夜的落寞和凄冷。看，她的眼神是那样忧伤，她的步履又是那样迟缓！

渐渐地，月儿终于到达她行程的终点，悄然隐没在旷野的边沿，剩下的只是一片青灰色的回光在天际荡漾。少顷，又见那神秘的鱼白色开始从东方蔓延，像撒开一幅轻柔的纱幕笼罩住整个大地。寒意更浓了。枝头的积雪都已在不知不觉间凝成了水晶般的冰凌。

啊，美景如画的夜晚，却是小鸟们恐怖战栗、备受煎熬的时光！它们的羽毛沾湿了，小脚冻僵了；刺骨的寒风在林间往来驰突，肆虐逞威，把它们可怜的窝巢刮得左摇右晃；困倦的双眼刚刚合上，一阵阵寒冷又把它们惊醒。它们只得瑟瑟缩缩地颤着身子，打着寒噤，忧郁地注视着漫天皆白的原野，期待那漫漫未央的长夜早到尽头，换来一个充满希望之光的黎明。

（斯章梅 译）

雪

刘湛秋

南国的雪，我们分离得太久了。

那微带甜味的湿润，那使人快活的冷气，那彩色梦幻的飞旋，伴着我少年的轻狂，再也无法追寻。

没有暖气也没有炉子的小屋，铁一样寒冷的硬被子，都无法阻挡对雪的渴望，只要睁眼看见屋外白花花的光亮，那就像涌进来一股暖流，勾起难以抑制的温暖的心情。

雪，南国的松软美丽的雪啊！

它纷纷扬扬，比春天一树树的梨花还要美。这时，北风变得柔和了，吹着它，上下翻飞，轻轻地降落，使人能看清那六角的菱形，看到一个美丽的童话世界。

不知它是想依恋天空，还是想委身大地。它忽上忽下，是那样的轻盈而自由啊！忽然，它落进了我的颈脖，像个小绒毛，却又摸不到它，产生了甜甜的微痒。我伸出手来，它会安静地落到我的掌心，在我的钟情的眼睛里，慢慢地消失了它的身影。有时候，真愿意伸出舌头，希望能接到一片雪花，那淘气的愉快里绽开了多少天真的梦。

雪，南国的松软美丽的雪啊！

忽然，我像一下子变成熟了，往往放弃堆雪人打雪仗的乐趣，却愿意宁静地默默地走去，翻过废弃的铁路线，来到郊外，默视着广袤的天空和田野。所有的污秽和荒凉全遮掩了，只有雪，白花花的、纯净的雪。这大自然创造的最精美的白色拥抱了田野、山岗、房屋和树林。偶尔由于风的吹动，越冬的树和菜斑斑点点闪着一点新绿。

这时，眼睛和心变得多么亮，多么舒展。美丽的维纳斯仿佛就在你的身边，对着你微笑。所有的幻想都会脱颖而出，飞向雪的地平线，开出白色的花朵。

雪，南国的松软美丽的雪啊！我们分离得太久了，也许我还能追寻那没有污染的洁白、幼稚却纯真的梦幻，和那寒冷中的温暖？

初雪

（英国）普里斯特莱

今早我起来时，整个世界简直成了冰窟一座，颜色死白缥青。透入窗内的光线颇呈异色，于是连泼水、洗漱、刷牙、穿衣这些日常举动也都一概呈现异状。继而日出。待我进早膳时，艳美的阳光把雪染作绯红。餐室窗户早已幻作一幅迷人的东洋花布。窗外幼小的梅树一株，正粲粲于满眼晴光之下，枝柯覆雪，素裹红装，风致绝佳。一二小时之后，一切已化作寒光一片，白里透青。周遭世界也景物顿殊。适才的东洋花布等已不复可见。我探头窗外，向书斋前面的花园、草地以及更远的丘岗望望，但觉大地光晶耀目，不可通视。高天寒气凛冽，色作铁青，而周围的一切树木也都现出阴森可怖之状。整个景象之中确有种难以名状的骇人气氛。仿佛我们的可爱的郊原，这些英人素来最心爱的地方，已经变成一片凄凉可悲的荒野。仿佛这里随时都可能看到一彪人马从那荫翳的树丛背后突然杀出，都可听到暴政的器械的铿鸣乃至枪杀之声，而远方某些地带上的白雪遂被染作殷红。此时周围正是这种景象。

现在景色又变了。刺目炫光已不见了，那可怖的色调也已消逝。但雪却下得很大，大片大片，纷纷不止；因而眼前浅谷的那边已辨不清。屋顶雪积很厚，一切树木都压弯了腰，村中教堂顶上的风标此时从阴霾翳翳的空中虽仍依稀可见，也早成了安徒生童话里的事物。从我的书室，我看见孩子们正把他们的鼻子在玻璃上压成扁平。这时一首儿歌遂又萦绕于我的脑际，这歌正是我幼时把鼻子压在冰冷的窗户上看雪时所常唱的。歌词是：

雪花快飘，白如石膏。

高地宰鹅，这里飞毛！

所以今天早上当我初次看到这个非同往常的白皑皑的世界时，我不禁希望我们这里也能多下点雪，这样我们英国的冬天才会更多点冬天味道。我想，如果我们这里是个冰雪积月霜华璀璨的景象，而不是像现在这种凄风苦雨永无尽期的阴沉而缺乏特色的日子，那该多么令人喜悦啊。我于是羡慕起我在加拿大与美国东部诸州居住的一些友人来了。他们那里年年都能过上个像样的冬天，甚至连何时降雪也能说出准确日期，而且直到大地春回之前，那里的雪绝无降落不成退化为霰之虞。既有霜雪载途，又有晴朗温煦的天空，而空气又是那凛冽奇清——这对于我实在是一种至乐。继而我又转念，这事终将难餍人意。人们一周之后就会对它厌烦，不消一天工夫魔力就会消失，剩下的唯有昼间永无变化的耀眼炫光与苦寒凄冷的夜晚。看来真正迷人之处并不在降雪本身，不在这个冰封雪覆的景象，而在它初降的新鲜，而在这突然和静悄的变化。正是从风风雨雨这类变幻无常和难以预期的关系之中遂有了降雪这琼花六出的奇迹。谁愿意拿眼前这般景色去换上个永远周而复始的单调局面，一个时刻全由年历来控制的大地？有一句妙语说，其他国家只有气候，而唯有英国才有天气。其实天下再没有比气候更枯燥乏味的了，或许只有科学家与疑病患者才会把它当作话题来谈论。但是天气却是我们这块土地上的克里奥佩特拉，因而毫不奇怪，人们于饮餐其秀色之余，总不免要对她窃窃私议。一旦我们定居于亚美利加、西伯利亚与澳大利亚之后——那里的气候与年历之间早有成约在先，我们势将会因为失去了她的调皮撒娇，失去了她的胡闹任性，失去了她的狂怂盛怒与涕泣涟涟而深深感到遗憾。到那时，晨起出游将不再成其为一种历险。我们的天气也许是有点反复无常，但我们自己也未见就好许多；实际上，她的善变与我们的不专也恰好相似。说起日、风、雪、雨，它们在一开初是多么受人欢迎，但是曾几何时，我们便已对它们好不厌倦！如果这场雪一下便是一周，我必将对它厌烦得要死，巴不得它能快些走掉才好。但是它的这次降临却是一件大事。今天的天气里真是别具着一种风味，一种气氛，全然与昨日不同，而我生活于其中，也仿佛感到自己与从前的自己判若两人，恍若与新朋相晤，又如突然抵达挪威。一个人尽不妨为了打破一下心头的郁结而所费不赀，但其所得恐怕仍不如我今日午前感受之深。

春·夏·秋·冬

望 安

春

我的小绵羊，刚刚剪完毛。瞧它一脱大衣，就乐得咩咩叫。

"来，小绵羊，我领你吃青草。"

看到好久不见的青草，小绵羊馋得不住地吃，美得直撒欢儿。

小绵羊吃青草，我在河边坐。

河边，一排垂柳。绿莹莹的柳枝上，小鸟正开音乐会。垂柳的枝头伸进解冻的小河，跟小河握手。

河对面，一片绿油油的麦苗铺到天边，阳光下，风儿像童话里的仙女，用温柔的手，抚摸着麦苗。

咦，什么时候飘下了小雨？像绿丝线，从地上牵起麦苗，麦苗长啦！高啦！

"咩——咩！"小绵羊又高兴地叫，一定是挂满雨珠的小草更鲜嫩了。

雨，湿了我的头发，湿了小绵羊的毛，可我们舍不得回去，我们慢慢地走，见那星星点点的花骨朵儿全开啦！路旁的花丛，像天边飘来的彩霞。啊，小花正吸着小雨呢！我想：这雨一定是甜的，便忍不住仰起头，用舌尖去接那绿色的雨滴。小绵羊却抢先尝到了甜味，它叫着：

"咩——咩！"

好像说：

"蜜——蜜！"

夏

太阳像一个大火球。

柳叶打着卷儿，小花低着头，湖水冒着热气，小鱼该不会煮熟吧！啊，别急别急！蜻蜓飞来了，飞得很低很低，在湖面转圈，它报告：好消息，就要下雨，就要下雨。

风来了，云黑了，打闪了，雷公公跑来啦！哗！哗！哗！哗！大雨快活地下。

下了一阵儿，风去了，云散了，闪停了，雷公公回家了。

天边挂起晚霞。

柳叶，小花滴着水珠，像刚洗完澡。多干净，多精神。

你闻，连空气都是香的。

湖里，小鱼摆着尾巴游得多高兴，小青蛙蹦上岸开始赛歌：咕呱！咕呱！

湖边，有人乘凉，有人散步，桥上来了一队小朋友。

湖水像面镜子：照着天，照着桥，照着那过桥的小朋友。啊，像一群小鸟飞过雨后的彩虹！

秋

老师教我画画，还教我涂上美丽的颜色。

星期天，我在家铺开画纸，我要画一张顶好的画送给老师。画什么呢？我想啊想。忽然，窗外飘来桂花香，我望去，啊，眼前是一幅多美的画！

我先画桂花，把那金灿灿的桂花画了很多很多，想让老师也闻到桂花的香味。

我再画草坪，发现草坪不像夏天那么碧绿，草尖仿佛染上了透明的金黄，那草坪边的一行小白杨，绿叶中变出几片金黄的叶子，随风舞动着，像飞来了金翅鸟。

我又画通往果园的大路，阳光下，远处一片果林闪着多少明亮的星星，那是苹果熟啦。别说我画的苹果太多太多，今年的果园就是这样。

窗外的风景画完了，我刚要放下画笔，见通往果园的大路空空的，像少点什么。啊！想起来了，我们几个小伙伴要到果园去，要把掉下来的大苹果拾到篮子里，交给果树队。想到这儿，我连忙在大路上画了几个提篮子的小伙伴。

明天，我要把这张秋天的画送给老师，还要请她猜猜：那小伙伴里哪个是我？

冬

亮晶晶的小雪花满天开放，洁白的小朵飘啊飘啊！

小雪花给云杉穿上雪白的大衣，云杉暖暖的；小雪花给麦苗盖上雪白的被子，麦苗暖暖的。

淘气的北风吹着口哨来啦，想吹落雪大衣，想吹跑雪被子。

北风去吹雪被子，却吹响了一串悦耳的铃声。咦，是小雪花把铃铛挂在云杉上了？哦，不，不，是云杉的雪大衣结了一层冰花，风儿一吹，叮铃、叮铃……

北风去吹雪被子，却滑了一大跤，一滑滑到天边边，北风回头看：

"嗬，好大的雪被子，我可吹不动！"

雪被下，小麦苗正在做快乐的梦：

梦见春天，它们穿着小绿裙，在蓝天下跳集体舞；梦见夏天，它们结满金黄的麦穗，在阳光下唱丰收歌。

四季的美

（日本）清少纳言

　　春天最美是黎明。东方一点儿一点儿泛着鱼肚色的天空，染上微微的红晕，飘着红紫红紫的彩云。

　　夏天最美是夜晚。明亮的月夜固然美，漆黑漆黑的暗夜，也有无数的萤火虫儿翩翩飞舞。即使是蒙蒙细雨的夜晚，也有一只两只萤火虫儿，闪着朦胧的微光在飞行，这情景着实迷人。

　　秋天最美是黄昏。夕阳照西山时，感人的是点点归鸦急急匆匆地朝巢里飞去。成群结队的大雁儿，在高空中比翼联飞，更是叫人感动。夕阳西沉，夜幕降临，那风声、虫鸣听起来也叫人心旷神怡。

　　冬天最美是早晨。落雪的早晨当然美，就是在遍地铺满白霜的早晨，在无雪无霜的凛冽的清晨，也要生起熊熊的炭火。手捧着暖和和的火盆穿过廊下时，那心情儿和这寒冷的冬晨多么和谐啊！只是到了中午，寒气渐退，火盆里的火炭儿，大多变成了一堆白灰，这未免令人有点扫兴儿。

（卞立强 译）

春

朱自清

盼望着，盼望着，东风来了，春天的脚步近了。

一切都像刚睡醒的样子，欣欣然张开了眼。山朗润起来了，水涨起来了，太阳的脸红起来了。

小草偷偷地从土里钻出来，嫩嫩的，绿绿的。园子里，田野里，瞧去，一大片一大片满是的。坐着，躺着，打两个滚，踢几脚球，赛几趟跑，捉几回迷藏。风轻悄悄的，草软绵绵的。

桃树、杏树、梨树，你不让我，我不让你，都开满了花赶趟儿。红的像火，粉的像霞，白的像雪。花里带着甜味儿；闭了眼，树上仿佛已经满是桃儿、杏儿、梨儿。花下成千成百的蜜蜂嗡嗡地闹着，大小的蝴蝶飞来飞去。野花遍地是：杂样儿，有名字的，没名字的，散在草丛里，像眼睛，像星星，还眨呀眨的。

"吹面不寒杨柳风"，不错的，像母亲的手抚摸着你。风里带来些新翻的泥土的气息，混着青草味儿，还有各种花的香，都在微微润湿的空气里酝酿。鸟儿将窠巢安在繁花嫩叶当中，高兴起来了，呼朋引伴地卖弄清脆的喉咙，唱出宛转的曲子，与轻风流水应和着。牛背上牧童的短笛，这时候也成天在嘹亮地响。

雨是最寻常的，一下就是三两天。可别恼。看，像牛毛，像花针，像细丝，密密地斜织着，人家屋顶上全笼着一层薄烟。树叶子却绿得发亮，小草也青得逼你的眼。傍晚时候，上灯了，一点点黄晕的光，烘托出一片安静而和平的夜。乡下去，小路上，石桥边，有撑起伞慢慢走着的人；还有地里工作的农夫，披着蓑，戴着笠的。他们的草屋，稀稀疏疏的，在雨里静默着。

天上风筝渐渐多了，地上孩子也多了。城里乡下，家家户户，老老小小，他们也赶趟儿似的，一个个都出来了。舒活舒活筋骨，抖擞抖擞精神，各做各的一份事去。"一年之计在于春"，刚起头儿，有的是工夫，有的是希望。

春天像刚落地的娃娃，从头到脚都是新的，他生长着。

春天像小姑娘，花枝招展的，笑着，走着。

春天像健壮的青年，有铁一般的胳膊和腰脚，他领着我们上前去。

一日的春光

冰 心

去年冬末，我给一位远方的朋友写信，曾说："我要尽量地吞咽今年北平的春天。"

今年北平的春天来得特别的晚，而且在还不知春在哪里的时候，抬头忽见黄尘中绿叶成荫，柳絮乱飞，才晓得在厚厚的尘沙黄幕之后，春还未曾露面，已悄悄地远去了。

天下事都是如此——

去年冬天是特别的冷，也显得特别的长。每天夜里，灯下孤坐，听着扑窗怒号的朔风，小楼震动，觉得身上心里，都没有一丝暖气，一冬来，一切的快乐、活泼、力量、生命，似乎都冻得蜷伏在每一个细胞的深处。我无聊地安慰自己说，"等着罢，冬天来了，春天还能很远吗？"

然而这狂风，大雪，冬天的行列，排得意外的长，似乎没有完尽的时候。有一天看见湖上冰软了，我的心顿然欢喜，说，"春天来了！"当天夜里，北风又卷起漫天匝地的黄沙，忿怒的扑着我的窗户，把我心中的春意，又吹得四散。有一天看见柳梢嫩黄了，那天的下午，又不住地下着不成雪的冷雨，黄昏时节，严冬的衣服，又披上了身。有一天看见院里的桃花开了，这天刚刚过午，从东南的天边，顷刻布满了惨暗的黄云，跟着千枝风动，这刚放蕊的春英，又都埋罩在漠漠的黄尘里……

九十天看看过尽——我不信了春天！

几位朋友说，"到大觉寺看杏花去罢。"虽然我的心中，始终未曾得到春的消息，却也跟着大家去了。到了管家岭，扑面的风尘里，几百棵杏树枝头，一望已尽是残花败蕊；转到大工，向阳的山谷之中，还有几株盛开的红杏，然而盛开中气力已尽，不是那满树浓红、花蕊相间的情态了。

我想，"春去了就去了罢！"归途中心里倒也坦然，这坦然中是三分悼惜，七分憎嫌，总之，我不信了春天。

四月三十日的下午，有位朋友约我到挂甲屯吴家花园去看海棠，"且喜天气晴明"——现在回想起来，那天是九十春光中唯一的春天——海棠花又是我所深爱的，就欣然地答应了。

东坡恨海棠无香，我却以为若是香得不妙，宁可无香。我的院里栽了几棵丁香和珍珠梅，夏天还有玉簪，秋天还有菊花，栽后都很后悔。因为这些花香，都使我头痛，不能折来养在屋里。所以有香的花中，我只爱兰花、桂花、香豆花和玫瑰，无香的花中，海棠要算我最喜欢的了。

海棠是浅浅的红，红得"乐而不淫"，淡淡的白，白得"哀而不伤"，又有满树的绿叶掩映着，秾纤适中，像一个天真、健美、欢悦的少女，同是造物者最得意的作品。

斜阳里，我正对着那几树繁花坐下。

春在眼前了！

这四棵海棠在怀馨堂前，北边的那两棵较大，高出堂檐五六尺。花后是响晴蔚蓝的天，淡淡的半圆的月，遥俯树梢。这四棵树上，有千千万万玲珑娇艳的花朵，乱哄哄的在繁枝上挤着开……

看见过幼稚园放学没有？从小小的门里，挤着的跳出涌出使人眼花缭乱的一大群的快乐，活泼，力量和生命；这一大群跳着涌着的分散在极大的周围，在生的季候里做成了永远的春天！

那在海棠枝上卖力的春，使我当时有同样的感觉。

一春来对于春的憎嫌，这时都消失了，喜悦地仰首，眼前是烂漫的春，骄奢的春，光艳的春，——似乎春在九十日来无数的徘徊瞻顾，百就千拦，只为的是今日在此树枝头，快意恣情的一放！

看得恰到好处，便辞谢了主人回来。这春天吞咽得口有余香！过了三四天，又有友人来约同去，我却回绝了。今年到处寻春，总是太晚，我知道那时若去，已是"落红万点愁如海”。春来萧索如斯，大不必去惹那如海的愁绪。

虽然九十天中，只有一日的春光，而对于春天，似乎已得了报复，不再怨恨憎嫌了。只是满意之余，还觉得有些遗憾，如同小孩子打架后相寻，大家忍不住回嗔作喜，却又不肯即时言归于好，只背着脸，低着头，噘着嘴说，“早知道你又来哄我找我，当初又何必把我冰在那里呢？”

春天吹着口哨

刘湛秋

沿着开花的土地，春天吹着口哨；

从柳树上摘一片嫩叶，

从杏树上掐一朵小花，

在河里浸一浸，在风中摇一摇；于是，欢快的旋律就流荡起来了。

哨音在青色的树枝上旋转，它鼓动着小叶子快快地成长。

风筝在天上飘，哨音顺着孩子的手，顺着风筝线，升到云层中去了。

新翻的泥土闪开了路，滴着黑色的油，哨音顺着铧犁的镜面滑过去了。

呵，那里面可有蜜蜂的嗡嗡？可有百灵鸟的啼啭？可有牛的哞叫？

沿着开花的土地，春天吹着口哨；

从柳树上摘一片嫩叶，

从杏树上掐一朵小花，

在河里浸一浸，在风中摇一摇；于是，欢快的旋律就流荡起来了。

它悄悄地掀开姑娘的头巾，从她们红润润的唇边溜过去，

它追赶上了马车，围着红缨的鞭子盘旋。

它吻着拖拉机的轮带，它爬上了司机小伙子的肩膀。

呵，春天吹着口哨，漫山遍野地跑；在每个人的耳朵里，灌满了一个甜蜜的声音——早！

三月桃花水

刘湛秋

是什么声音，像一串小铃铛，轻轻地走过村边？是什么光芒，像一匹明洁的丝绸，映照着蓝天？

呵，河流醒来了！三月的桃花水，舞动着绮丽的朝霞，向前流呵。有一千朵樱花，点点洒上了河面，有一万个小酒窝，在水中回旋。

三月的桃花水，是春天的竖琴。

每一条波纹，都是一根根轻柔的弦；那细白的浪花，敲打着有节奏的鼓点。那忽大忽小的水波声，应和着田野上拖拉机的鸣响；那纤细的低语，是在和刚刚从雪被里伸出头来的麦苗谈心；那碰着岸边石块的叮叮，像是大路上车轮滚过的铃声；那急流的水声浪声，是在催促着社员开犁播种啊！

三月的桃花水，是春天的明镜。

它看见燕子飞过天空，翅膀上裹着白云；它看见垂柳披上了长发，如雾如烟；它看见一群姑娘来到河边，水底立刻浮起一朵朵红莲，她们捧起了水，像抖落一片片花瓣；它看见了村庄上空，很早很早，就袅袅升起了炊烟……

比金子还贵呵，三月桃花水；

比银子还亮呵，三月桃花水；

呵，地上草如茵，两岸柳如眉，三月桃花水，叫人多沉醉。呵！多多地装吧，装进我们心灵的酒杯！

春天来了

吴 珹

春天来了！

春天，从大雁的叫声中飞来，从解冻的冰河中涌来。

校园里沉默的垂柳，吐出了一串串水灵灵的音符；从冬雪禁锢中苏醒的小草，开始编织绿色的信念……

春天来了！

春天，伴随我们的脚步走来，春雷在我们心灵的山谷间，激起了巨大的回声。

在这播种的季节里，快播吧！播下一颗颗绿色的心，播下一个个金色的希望。

在这栽树的季节里，快栽吧！栽下美，栽下文明，栽下一个个五彩缤纷的梦……

春天来了，春天来了！

我们像春笋一样冒尖，像山花一样烂漫。

　　我们，从这里出发，走向夏的繁茂，秋的成熟……

　　我们，从这里出发，走向绿荫蔽天的人生，走向金碧辉煌的理想！

春意挂上了树梢

萧　红

　　三月花还没有开，人们嗅不到花香，只是马路上融化了积雪的泥泞干起来。天空打起朦胧的多有春意的云彩；暖风和轻纱一般浮动在街道上，院子里。春末了，关外的人们才知道春来。春是来了，街头的白杨树蹿着芽，拖马车的马冒着气，马车夫们的大毡靴也不见了，行人道上外国女人的脚又从长筒套鞋里显现出来。笑声，见面打招呼声，又复活在行人道上。商店为着快快地传播春天的感觉，橱窗里的花已经开了，草也绿了，那是布置着公园的夏景。我看得很凝神的时候，有人撞了我一下，是汪林，她也戴着那样小沿的帽子。

　　"天真暖啦！走路都有点热。"

　　看着她转过商市街，我们才来到另一家店铺，并不是买什么，只是看看，同时晒晒太阳。这样好的人行道，有树，也有椅子，坐在椅子上，把眼睛闭起，一切春的梦，春的谜，春的暖力……这一切把自己完全陷进去。听着，听着吧！春在歌唱……

"大爷，大奶奶……帮帮吧！……"这是什么歌呢，从背后来的？这不是春天的歌吧！

那个叫化子嘴里吃着个烂梨，一条腿和一只脚肿得把另一只显得好像不存在似的。"我的腿冻坏啦！大爷，帮帮吧！唉唉……！"

有谁还记得冬天？阳光这样暖了！街树蹿着芽！

手风琴在隔道唱起来，这也不是春天的调，只要一看那个瞎人为着拉琴而挪歪的头，就觉得很残忍。瞎人他摸不到春天，他没有。坏了腿的人，他走不到春天，他有腿也等于无腿。

世界上这一些不幸的人，存在着也等于不存在，倒不如赶早把他们消灭掉，免得在春天他们会唱这样难听的歌。

汪林在院心吸着一支烟卷，她又换一套衣裳。那是淡绿色的，和树枝发出的芽一样的颜色。她腋下夹着一封信，看见我们，赶忙把信送进衣袋去。

"大概又是情书吧！"郎华随便说着玩笑话。

她跑进屋去了。香烟的烟缕在门外打了一下旋卷才消失。

夜，春夜，中央大街充满了音乐的夜。流浪人的音乐，日本舞场的音乐，外国饭店的音乐……七点钟以后。中央大街的中段，在一条横口，那个很响的扩音机哇哇地叫起来，这歌声差不多响彻全街。若站在商店的玻璃窗前，会疑心是从玻璃发着震响。一条完全在风雪里寂寞的大街，今天第一次又号叫起来。

外国人！绅士样的，流氓样的，老婆子，少女们，跑了满街……有的连起人排来封闭住商店的窗子，但这只限于年轻人。也有的同唱机一样唱起来，但这也只限于年轻人。这好像特有的年轻人的集会。他们和姑娘们一道说笑，和姑娘们连起排来走。中国人来混在这些卷发人中间，少得只有七分之一，或八分之一。但是汪林在其中，我们又遇到她。她和另一个也和她同样打扮漂亮的、白脸的女人同走……卷发的人用俄国话说她漂亮。她也用俄国话和他们笑了一阵。

中央大街的南端，人渐渐稀疏了。

墙根，转角，都发现着哀哭，老头子，孩子，母亲们……哀哭着的是永久被人间遗弃的人们！那边，还望得见那边快乐的人群。还听得见那边快乐的声音。

三月，花还没有，人们嗅不到花香。

夜的街，树枝上嫩绿的芽子看不见，是冬天吧？是秋天吧？但快乐的人们，不问四季总是快乐；哀哭的人们，不问四季也总是哀哭！

初夏的庭院

徐蔚南

这几日，天气怪不好，阴雨已三天了，到今朝还没有放晴。早上无声无息地下了一场细雨，大约不过二十分钟就停止的；但是过了一小时许，瓦楞上滴沥滴沥地响，原来又是一阵急雨来了。这样时小时大的雨若断若续地落到了晚上。夜间恐怕仍是如此呢。

我们在公司里走不出去，简直如小鸟一般被关在笼子里了，心上虽然并没有什么忧虑，但总觉得闷闷的很是无聊。本来使人乏味的账簿上的买客、日期、数目一类的统计，现在尤其令人疲倦。

但是今天离端午节只有十六天，我们不得不努力算清账目。

幸而在事务室里，我坐的一个位置恰巧在窗边，我打了一会儿算盘之后，可以任意向窗外望望。

窗外有两株梧桐，三星期前，树上的叶子是还没有银圆大的疏疏朗朗的几许红叶，如今已是密丛丛一树肥大的绿叶了。玻璃窗上也映出一层暗绿色来。假使在盛暑烈日如火的时候，我坐的一个位置真是清凉仙境呢！梧桐两旁各有一行冬青树，感谢园丁贪懒没有来修剪，已长得很高了。深绿色的叶子经了几番冷雨洗濯，更显出翡翠一般鲜艳的色彩来。梧桐的对面，沿着豆腐作场间的隔壁，有五六株南天竹，瘦弱的枝干负着瘦弱的绿叶，很伶仃地在颤动。天竹的旁边还有一棵枇杷树。这树却很壮丽的，叶肥枝硬，傲然站立在那边；虽然没有梧桐那样的高大，但颇有睥睨一切的气概。在这小小的园子里，除了树木，本还种着几株玫瑰，不过玫瑰花久已开过了，如今只剩得几个花萼带着几丝憔悴的花须罢了。从前落在泥上的一层鲜红的花瓣都烂在泥里了。沿着院子中间的荷花缸的四周，倒还有几株杂草生着菜花一般的小黄花。雨止时，有二三小粉蝶时时在这几朵黄花上来回飞舞。麻雀也时时飞到花边来啄取什么似的跳来跳去，有时跳到冬青树下，隐藏过了身体，然后吱喳吱喳地叫。

荷花缸里除去铜钱大的浮萍外，新近长出了三张嫩绿的荷叶。叶上有两颗浑圆的光亮的雨珠在滚动，有如女孩子的一双眼睛一般活泼。小雨点落到缸中的水面打出无数的圆圈，雨止了，水面又平静了。

这样仔仔细细地观察了一会儿院子里的景物，便又回头去二百五十加三千四百地拨动算盘珠；算了一会儿又疲乏了，再去望望那个院子。如此，一刻儿向窗外眺望，一刻儿打算盘，那一厚本的出纳簿居然被我一点不错地弄清楚了。

初秋四景

（日本）川端康成

一

在比平常稍凉的水中游过泳，腿脚会显得略洁白些。莫非蓝色的海底有一种又白又凉的东西在流动？因此，我觉得秋天是从海中来的。

人们在庭园的草坪上放焰火。少女们在沿海岸的松林里寻觅秋虫。焰火的响声夹杂着虫鸣，连火焰的音响也让人产生种像留恋夏天般的寂寞情绪。我觉得秋天就像虫鸣，是从地底迸发出来的。

与七月不同的，就是夜间只有月光，海风吹拂，女子就悄悄地紧掩心扉。我觉得秋天是从天而降的。

海边的市镇上又新增加许多出租房子的牌子。恰似新的秋天的日历页码。

二

秋天也是从脚心的颜色、指甲的光泽中出来的。入夏之前，让我赤着脚吧。秋天到来之前，把赤脚藏起来吧。夏天把指甲修剪干净吧。

初秋让指甲留点肮脏是否更暖和些呢。秋天曲肱为枕，胳膊肘都晒黑了。

假使入秋食欲不旺盛，就有点空得慌了。耳垢太厚的人是不懂得秋天的。

三

纪念大地震已成为初秋的东京——一年之中的例行活动。今年九月一日上午，也有十五万人到被服厂遗址参拜，全市还举行应急消防演习。抽水机的警笛声，同上野美术馆的汽笛声一起也传到我的家里来了。我去看被服厂遭劫的惨状，是在九月几号呢？

前天或是大前天，露天火葬已经开始了，尸体还是堆积如山。这是入秋之后残暑酷热的一天。傍晚下了一场骤雨。在燃烧着的一片原野上，连个躲雨的地方都没有，乱跑之中成了落汤鸡。仔细一看，白色的衣服上沾满一点点灰色的污点。那是烧尸烟使雨滴变成了灰色。我目睹死人太多，反而变得神经麻木了。沐浴在这灰色的雨里，肌肤冷飕飕的，我顿时感受到已是秋天了。

四

能够比谁都先听到秋声，

有这种特性的人也是可悲吧！

这是啄木鸟的一首诗歌。无疑事实就是那样。我家里有五六只狗，其中一只对音乐比一般人对音乐更加敏感，它听到欢快的音乐就高兴，听到悲哀的音乐就悲伤，它不仅会跟着留声机吠叫，还会像跳舞一样扭动着身躯，然而它一点也感受不到初秋的寂寞。动物虽然感受到季节的冷暖，但它们并不太感受到季节的推移感情。

事实上，草木、禽兽本能地随着季节的推动而生活着，唯独人才逆着季节的变迁而生活，诸如夏天吃冰，冬天烤火。尽管如此，人反而更多地被季节的感情所左右。回想起来，所谓人的季节感情，人工的东西太多了吧。我不禁惊愕不已。

据说，南洋群岛全年气候基本相同，看星辰就知道是什么季节。夏季可以看到夏季的星星，秋季可以看到秋季的星星。若是能把身边的季节忘却到那种程度，这样的生活又是多么健康啊。也没有像美术季节那样的人工季节。

秋夜

鲁　迅

在我的后园，可以看见墙外有两株树，一株是枣树，还有一株也是枣树。

这上面的夜的天空，奇怪而高，我生平没有见过这样的奇怪而高的天空。他仿佛要离开人间而去，使人们仰面不再看见。然而现在却非常之蓝，闪闪地眨着几十个星星的眼，冷眼。他的口角上现出微笑，似乎自以为大有深意，而将繁霜洒在我的园里的野花草上。

我不知道那些花草真叫什么名字，人们叫他们什么名字。我记得有一种开过极细小的粉红花，现在还开着，但是更极细小了，她在冷的夜气中，瑟缩地做梦，梦见春的到来，梦见秋的到来，梦见瘦的诗人将眼泪擦在她最末的花瓣上，告诉她秋虽然来，冬虽然来，而此后接着还是春，蝴蝶乱飞，蜜蜂都唱起春词来了。她于是一笑，虽然颜色冻得红惨惨地，仍然瑟缩着。

枣树，他们简直落尽了叶子。先前，还有一两个孩子来打他们，别人打剩的枣子，现在是一个也不剩了，连叶子也落尽了。他知道小粉红花的梦，秋后要有春；他也知道落叶的梦，春后还是秋。他简直落尽叶子，单剩干子，然而脱了当初满树是果实和叶子时候的弧形，欠伸得很舒服。但是，有几枝还低压着，护定他从打枣的竿梢所得的皮伤，而最直最长的几枝，却已默默地铁似的直刺着奇怪而高的天空，使天空闪闪地鬼睒眼；直刺着天空中圆满的月亮，使月亮窘得发白。

鬼睒眼的天空越加非常之蓝，不安了，仿佛想离去人间，避开枣树，只将月亮剩下。然而月亮也暗暗地躲到东边去了。而一无所有的干子，却仍然默默地铁似的直刺着奇怪而高的天空，一意要制他的死命，不管他各式各样地睒着许多蛊惑的眼睛。

哇的一声，夜游的恶鸟飞过了。

我忽而听到夜半的笑声，吃吃地，似乎不愿意惊动睡着的人，然而四围的空气都应和着笑。夜半，没有别的人，我即刻听出这声音就在我嘴里，我也即刻被这笑声所驱逐，回进自己的房。灯火的带子也即刻被我旋高了。

后窗的玻璃上丁丁地响，还有许多小飞虫乱撞。不多久，几个进来了，许是从窗纸的破孔进来的。他们一进来，又在玻璃的灯罩上撞得丁丁地响。一个从上面撞进去了，他于是遇到火，而且我以为这火是真的。两三个却休息在灯的纸罩上喘气。那罩是昨晚新换的罩，雪白的纸，折出波浪纹的叠痕，一角还画出一枝猩红色的栀子。

猩红的栀子开花时，枣树又要做小粉红花的梦，青葱地弯成弧形了……我又听到夜半的笑声；我赶紧砍断我的心绪，看那老在白纸罩上的小青虫，头大尾小，向日葵子似的，只有半粒小麦那么大，遍身的颜色苍翠得可爱，可怜。

我打一个呵欠，点起一支纸烟，喷出烟来，对着灯默默地敬奠这些苍翠精致的英雄们。

初秋

（苏联）普利什文

今天拂晓，一棵胖嘟嘟的白桦，像是穿着用细骨支起的钟式裙，由树林里走到了林中旷地上，另一棵羞怯、瘦弱的白桦把叶子一片接一片地洒落到黑压压的云杉上。随着天越来越亮，继这两棵白桦之后，其他各种树木也都纷纷向我展示千奇百怪的本来面目。每年初秋都会出现这样的情景。其时，千人一面的苍润华滋的夏季宣告结束，巨大的转折开始，树木以千差万别的姿态开始落叶。

其实人也是如此，人在快活时都十分相似，人只有在痛苦的时候和在改善处境的搏斗中，才各个不同。如果用人的观点来看，秋天的树林向我们显示了个性的诞生。

怎么能不这么看呢？这个一闪而过的类比使我极为高兴，我全神贯注，以一种亲人般的关怀环顾着我四周。瞧这个被黑琴鸡用爪子耙遍了的小草丘。过去，在小草丘的坑坑洼洼中总会有黑琴鸡或者松鸡的一两片羽毛，如果羽毛是花斑的，那就是说，是只母鸡在这儿翻过地，如果羽毛是黑色的，那就是说，是公鸡，可现在，落在小草丘的坑坑洼洼中的已不是鸡毛，而是枯叶。瞧，有一株很老很老的红菇，大得像只碟子，上下通红，由于太老，四边都卷了起来，形成一只碟子，碟子中注满了水，水上漂着白桦小小的枯叶。

秋

沈尹默

秋风起，一日比一日恶，天气渐渐冷了，树叶渐渐黄了落了。

红的，白的，紫的，黄的，绿的，粉红的，满庭院都是菊花。没有蝴蝶来，也没有蜜蜂来，连唧唧的虫声也听不见了；那各色的花，他们都静悄悄地各自开着。

被雨打折了的向日葵，天晴了，他们仍旧向着日，美满地开花，美满地结实。

海棠呀，凤仙呀，在树下小瓦盆里，不怕人来采，自由自在开着他的又瘦又小的花。枯树枝上挂满了豆菱，豆菱上还带着两朵三朵豆花，和一垂两垂豆荚。

白蓼花，红蓼花，经了许多雨，许多风，红的仍旧红，白的仍旧白，不曾吹折他的枝，洗褪他的颜色。

秋！这样光明鲜艳的秋。

故都的秋

郁达夫

秋天，无论在什么地方的秋天，总是好的；可是啊，北国的秋，却特别地来得清，来得静，来得悲凉。我的不远千里，要从杭州赶上青岛，更要从青岛赶上北平来的理由，也不过想饱尝一尝这"秋"，这故都的秋味。

江南，秋当然也是有的，但草木凋得慢，空气来得润，天的颜色显得淡，并且又时常多雨而少风；一个人夹在苏州上海杭州，或厦门香港广州的市民中间，混混沌沌地过去，只能感到一点点清凉，秋的味，秋的色，秋的意境与姿态，总看不饱，尝不透，赏玩不到十足。秋并不是名花，也并不是美酒，那一种半开、半醉的状态，在领略秋的过程上，是不合适的。

不逢北国之秋，已将近十余年了。在南方每年到了秋天，总要想起陶然亭的芦花，钓鱼台的柳影，西山的虫唱，玉泉的夜月，潭柘寺的钟声。在北平即使不出门去吧，就是在皇城人海之中，租人家一椽破屋来住着，早晨起来，泡一碗浓茶，向院子一坐，你也能看得到很高很高的碧绿的天色，听得到青天下驯鸽的飞声。从槐树叶底，朝东细数着一丝一丝漏下来的日光，或在破壁腰中，静对着像喇叭似的牵牛花（朝荣）的蓝朵，自然而然地也能够感觉到十分的秋意。说到了牵牛花，我以为以蓝色或白色者为佳，紫黑色次之，淡红色最下。最好，还要在牵牛花底，教长着几根疏疏落落的尖细且长的秋草，使作陪衬。

北国的槐树，也是一种能使人联想起秋来的点缀。像花而又不是花的那一种落蕊，早晨起来，会铺得满地。脚踏上去，声音也没有，气味也没有，只能感出一点点极微细极柔软的触觉。扫街的在树影下一阵扫后，灰土上留下来的一条条扫帚的丝纹，看起来既觉得细腻，又觉得清闲，潜意识下并且还觉得有点儿落寞，古人所说的梧桐一叶而天下知秋的遥想，大约也就在这些深沉的地方。

秋蝉的衰弱的残声，更是北国的特产，因为北平处处全长着树，屋子又低，所以无论在什么地方，都听得见它们的啼唱。在南方是非要上郊外或山上去才听得到的。这秋蝉的嘶叫，在北方可和蟋蟀耗子一样，简直像是家家户户都养在家里的家虫。

还有秋雨哩，北方的秋雨，也似乎比南方的下得奇，下得有味，下得更像样。

在灰沉沉的天底下，忽而来一阵凉风，便息列索落地下起雨来了。一层雨过，云渐渐地卷向了西去，天又晴了，太阳又露出脸来了，着着很厚的青布单衣或夹袄的都市闲人，咬着烟管，在雨后的斜桥影里，上桥头树底下去一立，遇见熟人，便会用了缓慢悠闲的声调，微叹着互答着地说：

"唉，天可真凉了——"（这了字念得很高，拖得很长。）

"可不是吗？一层秋雨一层凉了！"

北方人念阵字，总老像是层字，平平仄仄起来，这念错的歧韵，倒来得正好。

北方的果树，到秋天，也是一种奇景。第一是枣子树，屋角，墙头，茅房边上，灶房门口，它都会一株株地长大起来。像橄榄又像鸽蛋似的这枣子颗儿，在小椭圆形的细叶中间，显出淡绿微黄的颜色的时候，正是秋的全盛时期，等枣树叶落，枣子红完，西北风就要起来了，北方便是沙尘灰土的世界，只有这枣子、柿子、葡萄，成熟到八九分的七八月之交，是北国的清秋的佳日，是一年之中最好也没有的 Golden Days。

有些批评家说，中国的文人学士，尤其是诗人，都带着很浓厚的颓废的色彩，所以中国的诗文里，赞颂秋的文字特别的多。但外国的诗人，又何尝不然？我虽则外国诗文念的不多，也不想开出账来，做一篇秋的诗歌散文钞，但你若去一翻英德法意等诗人的集子，或各国的诗文的 Anthology 来，总能够看到许多关于秋的歌颂和悲啼。各著名的大诗人的长篇田园诗或四季诗里，也总以关于秋的部分，写得最出色而最有味。足见有感觉的动物，有情趣的人类，对于秋，总是一样地特别能引起深沉、幽远、严厉、萧索的感触来的。不单是诗人，就是被关闭在牢狱里的囚犯，到了秋天，我想也一定能感到一种不能自已的深情，秋之于人，何尝有国别，更何尝有人种阶级的区别呢？不过在中国，文字里有一个"秋士"的成语，读本里又有着很普遍的欧阳子的《秋声》与苏东坡的《赤壁赋》等，就觉得中国的文人，与秋和关系特别深了，可是这秋的深味，尤其是中国的秋的深味，非要在北方，才感受得到底。

南国之秋，当然也是有它的特异的地方的，比如廿四桥的明月，钱塘江的秋潮，普陀山的凉雾，荔枝湾的残荷等等，可是色彩不浓，回味不永。比起北国的秋来，正像是黄酒之与白干，稀饭之与馍馍，鲈鱼之与大蟹，黄犬之与骆驼。

秋天，这北国的秋天，若留得住的话，我愿把寿命的三分之二折去，换得一个三分之一的零头。

我愿秋常驻人间

庐隐

提到秋，谁都不免有一种凄迷哀凉的色调，浮上心头；更试翻古往今来的骚人、墨客，在他们的歌咏中，也都把秋染上凄迷哀凉的色调，如李白的《秋思》："……天秋木叶下，月冷莎鸡悲。坐愁群芳歇，白露凋华滋。"柳永的《雪梅香辞》："景萧索，危楼独立面晴空，动悲秋情绪，当时宋玉应同。"周密的《声声慢》："对西风休赋登楼，怎去得，怕凄凉时节，团扇悲秋。"

这种凄迷哀凉的色调，便是美的元素。这种美的元素只有"秋"才有，也只有在"秋"的季节中，人们才体验得出。因为一个人在感官被极度的刺激和压轧的时候，常会使心头麻木。故在盛夏闷热时，或在严冬苦寒中，心灵永远如虫类的蛰伏。等到一声秋风吹到人间，也正等于一声春雷，震动大地，把一些僵木的灵魂如虫类般地唤醒了。

灵魂既经苏醒，灵的感官便与世界万汇相接触了。于是见到阶前落叶萧萧下，而联想到不尽长江滚滚来，更因其特别自由敏感的神经，而感到不尽的长江是千古长存，而倏忽的生命，譬诸昙花一现。于是悲来填膺，愁绪横生。

这就是提到秋，谁都不免有一种凄迷哀凉的色调，浮上心头的原因了。

其实秋是具有极丰富的色彩、极活泼的精神的，它的一切现象，并不像敏感的诗人墨客，所体验的那种凄迷哀凉。

当霜薄风清的秋晨，漫步郊野，你便可以看见如火般的颜色染在枫林、柿丛和浓紫的颜色泼满了山巅天际，简直是一个气魄伟大的画家的大手笔，任意趣之所在，勾抹涂染，自有其雄伟的丰姿，又岂是纤细的春景所能望其项背？

至于秋的犀利，可以洗尽积垢；秋月的明澈，可以照烛幽微；秋是又犀利又潇洒，不拘不束的一位艺术家的象征。这种色调，实可以苏息现代困闷人群的灵魂，因此我愿秋常驻人间！

晚秋初冬

（日本）德富芦花

霜落，朔风乍起。庭中红叶、门前银杏不时飞舞着，白天看起来像掠过书窗的鸟影；晚间扑打着屋檐，虽是晴夜，却使人想起雨景。晨起一看，满庭皆落叶。举目仰望，枫树露出枯瘦的枝头，遍地如彩锦。树梢上还剩下被北风留下的两三片或三四片叶子，在朝阳里闪光。银杏树直到昨天还是一片金色的云，今晨却骨瘦形销了。那残叶好像晚春的黄蝶，这里那里点缀着。

这个时节的白昼是静谧的。清晨的霜，傍晚的风，都使人感到寒冷。然而在白天，湛蓝的天空高爽，明净；阳光清澄，美丽。对窗读书，周围悄无人声，虽身居都市，亦觉得异常幽静。偶尔有物影映在格子门上，开门一望，院子里的李树，叶子落了，枝条交错，纵横于蓝天之上。梧桐坠下一片硕大的枯叶，静静躺在地上，在太阳下闪光。

庭院寂静，经霜打过的菊花低着头，将影子布在地上。鸟雀啄含后残留的南天竹的果实，在八角金盘下泛着红光。失去了华美的姿态，使它显得多么寂寥。两三只麻雀飞到院里觅食。廊檐下一只老猫躺着晒太阳。一只苍蝇飞来，在格子门上爬动，发出沙沙的声响。

内宅里也很清静。栗、银杏、桑、枫、朴等树木，都落叶了。月夜，满地树影，参差斑驳，任你脚踏，也分不开它们。院内各处，升起了焚烧枯叶的炊烟，茶花飘香的傍晚，阵雨敲打着栗树的落叶，当暮色渐渐暗淡下来的时候，如果是西行，准会唱几首歌的。暮雨潇潇，落在过路人的伞盖上，声音骤然加剧，整个世界仿佛尽在雨中了。这一夜，我默然独坐，顾影自怜。

月色朦胧的夜晚，踏着白花花的银杏树落叶，站在院中。月光渐渐昏暗，树隙间哗啦哗啦落下两三点水滴——阵雨，刚一这样想，雨早已住了。月亮又出现了。此种情趣向谁叙说？

月光没有了，寒星满天。这时候，我寂然伫立树下，夜气凝聚而不动了。良久，大气稍稍震颤着，头上的枯枝摩戛有声，脚下的落叶沙沙作响。片刻，乃止。月光如霜，布满地面。秋风在如海的天空里咆哮。夜里，人声顿绝，仿佛可以听到一种至高无上的音响。

（陈德文 译）

冬天之美

（法国）乔治·桑

我从来热爱乡村的冬天。我无法理解富翁们的情趣，他们在一年当中最不适于举行舞会、讲究穿着和奢侈挥霍的季节，将巴黎当作狂欢的场所。大自然在冬天邀请我们到火炉边去享受天伦之乐，而且正是在乡村才能领略这个季节罕见明朗的阳光。在我国大都市里，臭气熏天和冻结的烂泥几乎永无干燥之日，看见就令人恶心。在乡下，一片阳光或者刮几小时风就使空气变得清新，使地面干爽。可怜的城市工人对此十分了解，他们滞留在这个垃圾场里，实在是由于无可奈何。我们的富翁们所过的人为的、悖谬的生活，违背大自然的安排，结果毫无生气。英国人比较明智，他们到乡下别墅里去过冬。

在巴黎，人们想象大自然有六个月毫无生机，可是小麦从秋天就开始发芽，而冬天惨淡的阳光——大家惯于这样描写它——是一年之中最灿烂、最辉煌的。当它拨开云雾，当它在严冬傍晚披上闪烁发光的紫红色长袍坠落时，人们几乎无法忍受它那令人眩目的光芒。即使在我们严寒却偏偏不恰当地称为温带的国家里，自然界万物永远不会除掉盛装和失去盎然的生机，广阔的麦田铺上了鲜艳的地毯，而天际低矮的太阳在上面投下了绿宝石的光辉。地面披上了美丽的苔藓。华丽的常春藤涂上了大理石般的鲜红和金色的斑纹。报春花、紫罗兰和孟加拉玫瑰躲在雪层下面微笑。由于地势的起伏，由于偶然的机缘，还有其他几种花儿躲过严寒幸存下来，而随时使你感到意想不到的欢愉。虽然百灵鸟不见踪影，但有多少喧闹而美丽的鸟儿路过这儿，在河边栖息和休憩！当地面的白雪像璀璨的钻石在阳光下闪闪发光，或者当挂在树梢的冰凌组成神奇的连拱和无法描绘的水晶的花彩时，有什么东西比雪更加美丽呢？在乡村的漫漫长夜里，大家亲切地聚集一堂，甚至时间似乎也听从我们使唤。由于人们能够沉静下来思索，精神生活变得异常丰富。这样的夜晚，同家人围炉而坐难道不是极大的乐事吗？

晓

刘半农

火车——永远是这么快——向前飞进。

天色渐渐地亮了；不觉得长夜已过，只觉车中的灯，一点点地暗下来。

车窗外面：

起初是昏沉沉一片黑，慢慢露出微光，露出鱼肚白的天，露出紫色、红色、金色的霞彩。

是天上疏疏密密的云？是地上的池沼？丘陵？草木？是流霞？辨别不出。

太阳的光线，一丝丝透出来，照见一片平原，罩着层白蒙蒙的薄雾。雾中隐隐约约，有几墩绿油油的矮树。雾顶上，托着些淡淡的远山。几处炊烟，在山坳里徐徐动荡。

这样的景色，是我生平第一次见到。

晓风轻轻吹来，很凉快，很清白，叫我不甘心睡。

　　回看车中，大家东横西倒，鼾声呼呼，现出那干、枯、白——很可怜的脸色！

　　只有一个三岁的女孩，躺在我手臂上，笑眯眯的，两颊像苹果，映着朝阳。

早晨

李广田

我每天早晨都怕晚了，第一次醒悟之后便立刻起来，而且第一个行动是：立刻跑出去。

跑出去。因为庭院中那些花草在召唤我，我要去看看它们在不为人所知所见的时候有了多少生长，我相信，它们在一夜的沉默中长得最快，最自在。

我爱植物甚于爱"人"，因为它们那生意，那葱茏，就是它们那按时的凋亡也可爱，因为它们留下了根底，或种子，它们为生命尽了力。

当然我还是更爱"人"，假如人有了植物的可爱。酣睡一夜而醒来的婴儿，常叫我想到早晨的花草，而他那双清明的眼睛——日出前花草上的露珠。

江行的晨暮

朱　湘

　　美在任何地方，即使是古老的城外，一个轮船码头的上面。

　　等船，在划子上，在暮秋夜里九点钟的时候，有一点冷的风。天与江，都暗了；不过，仔细地看去，江水还浮着黄色。中间所横着的一条深黑，那是江的南岸。

　　在众星的点缀里，长庚星闪耀得像一盏较远的电灯。一条水银色的光带晃动在江水之上。看得见一盏红色的渔灯。

　　岸上的房屋是一排黑的轮廓。

　　一条趸船在四五丈以外的地点。模糊的电灯，平时令人不快的，在这时候，在这条趸船上，反而，不仅是悦目，简直是美了。在它的光围下面，聚集着一些人形的轮廓。不过，并听不见人声，像这条划子上这样。

　　忽然间，在前面江心里，有一些黝黯的帆船顺流而下，没有声音，像一些巨大的鸟。

一个商埠旁边的清晨。

太阳升上了有二十度；覆碗的月亮与地平线还有四十度的距离。几大片鳞云粘在浅碧的天空里；看来，云好像是在太阳的后面，并且远了不少。

山岭披着古铜色的衣，褶痕是大有画意的。

水汽腾上有两尺多高。有几只肥大的鸥鸟，它们，在阳光之内，暂时的闪白。

月亮是在左舷的这边。

水汽腾上有一尺多高；在这边，它是时隐时现的。在船影之内，它简直是看不见了。

颜色十分清阔的，是远洲上的列树，水平线上的帆船。

江水由船边的黄到中心的铁青到岸边的银灰色。有几只小轮在喷吐着煤烟；在烟窗的端际，它是黑色；在船影里，淡青，米色，苍白；在斜映着的阳光里，棕黄。

清晨时候的江行是色彩的。

晨

刘白羽

淡淡的朝阳刚把树梢照亮。顺了石柱攀缘到三层楼上来的老藤树比来时茂盛多了,有些柔韧的枝蔓伸展开来,带着绿叶,向人轻拂,似在表达它的欣快之感。在露珠晶莹的树叶丛中,一只小蝉用稚哑的嗓门,轻轻嘶叫。愈来愈明亮的阳光却显示:将要来临的又是十分炎热的一天。但,不论回头怎样火热,甚至会从燠热之中一阵风掣电闪,现在这早晨却如此清新、宁静。

如若仔细分析一下,这清晨之可爱究竟在何处呢?是这清凉,是这朝露,是这潮湿泥土的芬芳,是这云霞烂漫的宁静。是的,我想是这一切。但更重要的是,它是个新的起点。在一个人的生活之中,不知要经历多少曲折复杂的道路——他焦灼,困难,轻松,欢乐。而千千万万早晨之中的每一个早晨,当它到来的时候,都使你感到是第一次和它接触一样新鲜。它永远那样清新澄碧，而又永远那样鼓舞人意。人们在日常谈论中，常常用"朝气"与"暮气"这两个极端相反的字眼，评判一人一事，来说明那是生气勃勃的，还是气息奄奄的。这个"朝气"就是从永远给人清新之感的早晨发展而来的。朝气使人想到精力充沛，双眸明亮，两颊鲜红，向新的未来迈开脚步也许这未来之中充满不可测的事变，而那早晨总还是那样令人欣喜，令人振奋，以无限情意督促人们起步。

今天早晨就是这样可爱，我望着它就像第一次看到早晨。那几片朝云，给阳光照得嫩红的玫瑰花瓣一样轻柔、绰约、缥缈、悠然。病中，我常常感觉到：愈是在困难的时候，愈觉得清晨之可贵。因为我们战斗过了一天，而又展开一天新的战斗了。这一天的逝去与一天的来临，便标志着一次新的胜利。现在沉浸于欣赏晨光快感之中，我思索着，这个清晨像什么？很像早霞中升起来的一片白帆，也就是每一个早晨都在我们的生活航道上升起的白帆。它是那样洁白，它是那样漂亮，但它标志着永远向前，而且标志着坚定不移的方向。

在我沉思默想时，不知不觉的，那一片片的云由红色而变得发白发亮，像给强烈光线照得透明的、轻柔的羊毛卷一样，它们朝着蓝天远处冉冉飞去，就如同白帆朝远天航去一样。

突然，一切一切，偌大的天空和地面都变得出奇的宁静，蝉声没有了，人声没有了，那赫然闪耀的宇宙中充满一种庄严肃穆之感，一个真正的早晨开始了。

黄昏

茅 盾

　　海是深绿色的，说不上光滑；排了队的小浪开正步走，数不清有多少，喊着口令"一——二——一"似的，朝喇叭口的海塘来了。挤到沙滩边，啵淅！——队伍解散，喷着忿怒的白沫。然而后一排又赶着扑上来了。

　　三只五只的白鸥轻轻地掠过，翅膀扑着波浪，——一点一点躁怒起来的波浪。

　　风在掌号。冲锋号！小波浪跳跃着，每一个像个大眼睛，闪射着金光。满海全是金眼睛，全在跳跃。海塘下轰隆轰隆地腾起了喊杀。

　　而这些海的跳跃着的金眼睛重重叠叠一排接一排，一排怒似一排，一排比一排浓溢着血色的赤，连到天边，成为绀金色的一抹。这上头，半轮火红的夕阳！

　　半边天烧红了，重甸甸地压在夕阳的光头上。

愤怒地挣扎的夕阳似乎在说：

——哦，哦！我已经尽了今天的历史的使命，我已经走完了今天的路程了！现在，现在，是我的休息时间到了，是我的死期到了！哦，哦！却也是我的新生期快开始了！明天，从海的那一头，我将威武地升起来，给你们光明，给你们温暖，给你们快乐！

呼——呼——

风带着永远不会死的太阳的宣言到全世界。高的喜马拉雅山的最高峰，汪洋的太平洋，阴郁的古老的小村落，银的白光冻凝了的都市，——一切，一切，夕阳都喷上了一口血焰！

两点三点白鸥划破了渐变为赭色的天空。

风带着夕阳的宣言走了。

像忽然熔化了似的，海的无数跳跃着的金眼睛摊平为暗绿的大面孔。

远处有悲壮的笳声。

夜的黑幕沉重地将落未落。

不知到什么地方去过一次的风，忽然又回来了；这回是打着鼓似的：勃仑仑，勃仑仑！不，不单是风，有雷！风挟着雷声！

海又动荡，波浪跳起来，轰！轰！

在夜的海上，大风雨来了！

黄昏

谢冰莹

最难过的是黄昏，最有诗意的也是黄昏。

每天吃了晚饭后，我都要和特到妙高峰或者铁道上散步。

沿着斜斜的马路走上去，就到了一中后面的小亭。我们是从来不在亭子里休息的，迎着将要消逝的残阳，漫步地欣赏着快要来到的迷茫晚景。

几乎每次都是这样，先走到老龙潭，看着被晚风吹皱的湖水，有时也比赛投几颗石子，看谁比谁投得远，还要看着一个个倒映在水面的人影，一群群的肥鸭，一缕缕的炊烟……然后，慢慢地走回来。

由妙高峰到小亭的这一段路，特别美丽，两旁的槐树像仙女似的临风飘舞，雪白的花，衬在翠绿的树叶下更显得清秀、纯洁。芬芳的香气从微风里送来，令人感到一种说不出的舒服和愉快。

更有趣的，是当我们在槐树中间穿过时，好像另走进了一个草木青青的仙境，真正的桃花源。有时我故意走在后面，望着特的影子在树阴底下移动着，正像看一幕天然的电影。

"特，美极了，我真爱这些槐花，慢慢地走吧。"

每回走到这儿，我总要徘徊很久才去。

回到小亭上来，游人都散了，有时也有一两个工人模样的男人坐在里边打盹。对着迷茫的晚景，我们静静地欣赏着。

天，是灰色的，由烟囱中冒出来的烟也由黑色变成了灰色；远远地望去，灰色的湘江，灰色的麓山，灰色的长沙城，呵，整个的宇宙都灰色化了，只有闪烁在灰色中间的电灯在点缀着黄昏时的光明，在暗示着未来社会的灿烂。

是一个暖融融的春天的黄昏，我们沿着铁道一直走到了猴子石。

路是这般遥远，望过去似乎就在半里以内，而走起来时经过了不知多少的草棚茅舍，还没有到达目的地。

天色渐渐地暗了下来，大地又被灰色吞噬着，我们没有顾到天黑，只是大踏步地向前走着。

路上寂静得可怕，除了我俩而外，简直看不见一个行人。"慢步走吧，特，无论如何我们要走到猴子石的，即使回来是半夜了，也没有关系。慢慢地走，不要辜负了眼前的美景。"

特拉住了我，眼睛在望着天边一颗星。

"你看，星子都出来了，还不赶快走，太晚了，走路不方便。"

"怕什么？有我在这里，什么都用不着怕。"

我嗤的一声笑了，他又继续着说。

"你为什么不是个男孩子啊！否则，我们走倦了就睡在铁道旁边，或者跑到对面的小山上去，青草做我们的床，白云做我们的被，还有悬在天空中的不灭的灯光，夜莺的音乐，多么幸福啊！偏偏你是女人，到什么地方去都有顾虑。"

真的，"为什么我不是个男人呢？"我细细地咀嚼他这句话的意义。如果我不是女人，我的胆量一定更大，也许像母亲说的我早已上天了！

到了目的地，我们快活得大叫起来，回头望望被笼罩在黑暗中的长沙城，像一座寂静的古堡，田垄间的蛙声阁阁，更显得乡村里的寂寞凄清。

在大自然的音乐声中，两个紧靠着走的人影踏上了他们的归程。

良宵

（日本）德富芦花

今夜可是良宵？今宵是阴历七月十五日，月朗，风凉。

搁下夜间写作的笔，打开栅栏门，在院内走了十五六步，旁边有一棵枝叶浓密的栗树，黑漆漆的。树荫下有一口水井。夜气如水，在黑暗里浮动，虫声唧唧，时时有银白的水滴洒在地上，是谁汲水而去呢？

再向前行，伫立于田间。月亮离开对面的大竹林，清光溶溶，浸透天地。身子仿佛立于水中。星光微薄。冰川的森林，看上去淡如青烟。静待良久，我身边的桑叶、玉米叶，浴着月色，闪着碧青的光亮。棕榈在月下沙沙作响，草中虫吟踏过去，月影先从脚尖散开。夜露瀼瀼，竹丛旁边，频频传来鸟鸣。想必月光明洁，照得它们无法安眠吧。

开阔的地方，月光如流水。树下，月光青碧，如雨滴下漏。转身走来，经过树荫时，树影里灯火摇曳。夜凉有人语。

关上栅栏门，蹲在廊下，十时过后，人迹顿绝。月上人头，满庭月影，美如梦境。

月光照着满院的树木，树影布满整个庭院。院子里光影离合，黑白斑驳。

八角金盘的影子映在廊上，像巨大的枫树。月光泻在光滑的叶面上，宛若明晃晃的碧玉扇。斑驳的黑影在上面忽闪忽闪地跳动，那是李树的影子。

每当月亮穿过树梢，满院的月光和树影互相抱合着，跳跃着，黑白相映，纵横交错。我在此中散步，竟怀疑自己变成了水藻间的游鱼。

（陈德文 译）

五峰游记

李大钊

我向来惯过"山中无历日，寒尽不知年"的日子，一切日常生活的经过都记不住时日。

我们那晚八时顷，由京奉线出发，次日早晨曙光刚发的时候，到滦州车站。此地是辛亥年张绍曾将军督率第二十军，停军不发，拿十九信条要挟清廷的地方。后来到底有一标在此起义，以众寡不敌失败，营长施从云、王金铭，参谋长白亚雨等殉难。这是历史上的纪念地。

车站在滦州城北五里许，紧靠着横山。横山东北，下临滦河的地方，有一个行宫，地势很险，风景却佳，而今作了我们老百姓旅行游览的地方。

由横山往北，四十里可达卢龙。山路崎岖，水路两岸万山重叠，暗崖很多，行舟最要留神，而景致绝美。由横山往南，滦河曲折南流入海，以陆路计，约有百数十里。

我们在此雇了一只小舟，顺流而南，两岸都是平原。遍地的禾苗，都很茂盛，但已觉受旱。禾苗的种类，以高粱为多，因为滦河一带，主要的食粮，就是高粱。谷黍豆类也有。滦水每年泛滥，河身移从无定，居民都以为苦。其实滦河经过的地方，虽有时受害，而大体看来，却很富厚，因为它的破坏中，却带来了很多的新生活种子、原料。房屋老了，经它一番破坏，新的便可产生。土质乏了，经它一回滩淤，肥的就会出现。这条滦河简直是这一方的旧生活破坏者，新生活创造者。可惜人都是苟安，但看见它的破坏，看不见它的建设，却很冤枉了它。

河里小舟漂着，一片斜阳射在水面，一种金色的浅光，衬着岸上的绿野，景色真是好看。

天到黄昏，我们还未上岸。从舟人摇橹的声中，隐约透出了远村的犬吠，知道要到我们上岸的村落了。

到了家乡，才知道境内很不安静。正有"绑票"的土匪，在各村骚扰。还有"花会"照旧开设。

过了两三日，我便带了一个小孩，来到昌黎的五峰。是由陆路来的，约有八十里。从前昌黎的铁路警察，因在车站干涉日本驻屯军的无礼行动，曾有五警士为日兵惨杀。这也算是一个纪念地。

五峰是碣石山的一部，离车站十余里，在昌黎城北。我们清早雇骡车运行李到山下。

车不能行了，只好步行上山。一路石径崎岖，曲折得很，两旁松林密布。间或有一两人家很清妙的几间屋，筑在山上，大概窗前都有果园。泉水从石上流着，潺潺作响，当日恰遇着微雨，山景格外的新鲜。走了约四里许，才到五峰的韩公祠。

五峰有个胜境，就是山腹。望海，锦绣，平斗，飞来，挂月，五个山峰环抱如椅。好事的人，在此建了一座韩文公祠。下临深涧，涧中树木丛森。在南可望渤海，碧波万顷，一览无尽。我们就在此借居了。

看守祠宇的人，是一双老夫妇，年事都在六十岁以上，却很健康。此外一狗，一猫，两只母鸡，构成他们那山居的生活。我们在此，找夫妇替我们操作。

祠内有两个山泉可饮。煮饭烹茶，都从那里取水。用松枝做柴。颇有一种趣味。

山中松树最多，果树有苹果，桃，杏，梨，葡萄，黑枣，胡桃等。今年果收都不佳。

来游的人却也常有。但是来到山中，不是吃喝，便是赌博，真是大煞风景。

山中没有野兽，没有盗贼，我们可以夜不闭户，高枕而眠。

久旱，乡间多求雨的，都很热闹，这是中国人的群众运动。

昨日山中落雨，云气把全山包围。树里风声雨声，有波涛澎湃的样子。水自山间流下，却成了瀑布。雨后大有秋意。

泰山日出

徐志摩

　　我们在泰山顶上看出太阳。在航过海的人，看太阳从地平线下爬上来，本不是奇事；而且我个人是曾饱饫过红海与印度洋无比的日彩的。但在高山顶上看日出，尤其在泰山顶上，我们无餍的好奇心，当然盼望一种特异的境界，与平原或海上不同的。果然，我们初起时，天还暗沉沉的，西方是一片的铁青，东方些微有些白意，宇宙只是——如用旧词形容——一体莽莽苍苍的。但这是我一面感觉劲烈的晓寒，一面睡眼不曾十分醒豁时约略的印象。等到留心回览时，我不由得大声地狂叫——因为眼前只是一个见所未见的境界。原来昨夜整夜暴风的工程，却砌成一座普遍的云海。除了日观峰与我们所在的玉皇顶以外，东西南北只是平铺着弥漫的云气，在朝旭未露前，宛似无量数厚毳长绒的绵羊，交颈接背地眠着，卷耳与弯角都依稀辨认得出。那时候在这茫茫的云海中，我独自站在雾霭溟濛的小岛上，发生了奇异的幻想——

我躯体无限的长大，脚下的山峦比例我的身量，只是一块拳石；这巨人披着散发，长发在风里像一面墨色的大旗，飒飒地在飘荡。这巨人竖立在大地的顶尖上，仰面向着东方，平拓着一双长臂，在盼望，在迎接，在催促，在默默地叫唤；在崇拜，在祈祷，在流泪——在流久慕未见而将见悲喜交互的热泪……

这泪不是空流的，这默祷不是不生显应的。

巨人的手，指向着东方——

东方有的，在展露的，是什么？

东方有的是瑰丽荣华的色彩，东方有的是伟大普照的光明——出现了，到了，在这里了……

玫瑰汁、葡萄浆、紫荆液、玛瑙精、霜枫叶——大量的染工，在层累的云底工作；无数蜿蜒的鱼龙，爬进了苍白色的云堆。

一方的异彩，揭去了满天的睡意，唤醒了四隅的明霞——光明的神驹，在热奋地驰骋。

云海也活了，眠熟了的兽形涛澜，又回复了伟大的呼啸，昂头摇尾地向着我们朝露染青的馒形小岛冲洗，激起了四岸的水沫浪花，震荡着这生命的浮礁，似在报告光明与欢欣之临在……

再看东方——海句力士已经扫荡了他的阻碍，雀屏似的金霞，从无垠的肩上产生，展开在大地的边沿。起……起……用力，用力，纯焰的圆颅，一探再探地跃出了地平，翻登了云背，临照在天空……

歌唱呀，赞美呀，这是东方之复活，这是光明的胜利……

散发祷祝的巨人，他的身影横亘在无边的云海上，已经渐渐地消翳在普遍的欢欣里；现在他雄浑的颂美的歌声，也已在霞彩变幻中，普彻了四方八隅……

听呀，这普彻的欢声；看呀，这普照的光明！

五月的青岛

老　舍

　　因为青岛的节气晚，所以樱花照例是在四月下旬才能盛开。樱花一开，青岛的风雾也挡不住草木的生长了。海棠，丁香，桃，梨，苹果，藤萝，杜鹃，都争着开放，墙脚路旁也都有了嫩绿的叶儿。五月的岛上，到处花香，一清早便听见卖花声。公园里自然无须说了，小蝴蝶花与桂竹香们都在绿草地上用它们的娇艳的颜色结成十字，或绣成几团；那短短的绿树篱上也开着一层白花，似绿枝上挂了一层春雪。就是路上两旁的人家也少不得有些花草；围墙既短，藤萝往往顺着墙把花穗儿悬在院外散出一街的香气：那双樱，丁香，都能在墙外看到，双樱的明艳和丁香的素丽，真是足以使人眼明神爽。

　　山上有了绿色，嫩绿，所以把松柏比得发黑一些。谷中不但填满了绿色，而且颇有些野花，有一种似紫荆而色儿略略发蓝的，折来很好插瓶。

青岛的人怎么能忘记下海呢。不过，说也奇怪，五月的海仿佛特别的绿，特别的可爱，也许是因为人们心里痛快吧？看一眼路旁的绿叶，再看一眼海，真的，这才明白了什么叫作"春深似海"。绿，鲜绿，浅绿，深绿，黄绿，灰绿，各种的绿色，连接着，交错着，变化着，波动着，一直绿到天边，绿到山脚，绿到渔帆的外边去。风不凉，浪不高，船缓缓的走，燕低低的飞，街上的花香和海上的咸味混到一处，浪漾在空，水在面前，而绿意无限，可不是，春深似海！欢喜，要狂歌，要跳入水中去，可是只能默默无言，心好像飞到天边那将将能看到的小岛上去，一闭眼仿佛还看见一些桃花。人面桃花相映红，必定是在那小岛上。

这时候，遇上风与雾便还须穿上棉衣，可是有一天忽然响晴，夹衣就正合适。但无论怎样说吧，人们反正都放了心——不会大冷了，不会。妇女们最先知道这个，早早地就穿出利落的新装，而且决定不再脱下去。海岸上，微风吹动少女们的发和衣，何必再去到电影院找那有画意的景呢！这里是初春浅夏的合响，风里带着春寒，而花草山水又似初夏，意在春而景如夏，姑娘们总先走一步，迎上前去，跟花们竞争一下，女性的伟大几乎不是颓废诗人所能明白的。

人似乎随着花草都复活，学生们特别的忙：换制服，开运动会，到崂山丹山去旅行，服劳役。本地的学生忙，别处的学生也来参观，几个，几十，几百，打着旗子来了，又成着队走开，男的，女的，先生，学生，都累得满头是汗，而仍不住的向那大海丢眼。学生以外，该数小孩子最快活，笨重的衣服脱去，可以到公园跑跑了；一冬天不见猴子了，现在带着花生去喂猴子，看鹿，拾花瓣，在草地上打滚；妈妈说了，过几天还有大樱桃吃呢！

马车都新油饰过，马虽依然清瘦，而车辆体面了许多，好做一夏天的买卖呀。新油过的马车穿过街心，那专做夏天生意的咖啡馆，酒馆，旅社，饮冰室，也找来油漆匠，扫去灰尘，油饰一新。油漆匠在脚手架上忙，路旁也增多了由各处来的舞女。预备呀，忙碌呀，都红着眼等着那避暑的外国战舰与各处的阔人。多处浴场上有了人影与小艇，生意便比花草还茂盛呀。到那时候，青岛几乎不属于青岛的人了，谁的钱更多谁更威风，汽车的眼是不会看山水的。

那么，且让我们自己尽量地欣赏五月的青岛吧！

登鸡冠山

贾平凹

　　我的故乡丹凤县城北二里地，有一座山，没有脉岭，也没有漠坡，齐巉巉的，平地里陡然崛了起来；山上没有奇松古柏，没有寺院庙宇，全然裸露着石头；山顶亦无尖锥模样，等距离地分开着无数的齿形。春天，商州川里还是黄褐，它却晕染了一种迷迷丽丽的绿雾，走近看时，却出奇地没有一片绿叶，当县城南边河畔的柳絮如雪一样纷飞了，它却又出奇地黝黑得如铁。夏天里，白云常住在那山顶石隙里，一旦漫出来散步，大雨就要到了。最是那天晴日暖的早晨，太阳出来，照在那齿峰上，赤红得炽热，于此便有了鸡冠山的艳称。

　　鸡年初秋，一个阴雨初晴的黎明，天很闷热，我独自攀登鸡冠山。在山根的时候，看得见山上的路很多，等走上去，才知道那路没有一条可以走通。那全是牛羊踩出来的，路面上重重叠叠地有着各式各样的蹄印。我从一片荆棘丛中穿过，挂破了衣服、裤子，忽地扑棱棱一声怪叫，吓得我出了一身冷汗，原来是石壁下的几只蝙蝠在飞。我不敢往上走了，犹豫了一会儿，看看山顶，已不是十分远了，便硬着头皮又往上攀登。眼看着就到顶了，云雾却突然起来了，先是一团一堆的，被风涌着，弥漫过来，使我辨不了东西上下。我不得已又停下来，一等云雾散去，急急又往上爬，心里只有一个信念：此时此刻，要下已不可能，要脱离困境，只能往上，往上。

终于上到山顶，太阳还没有出来，天却已大白了。山顶上原来竟是很平的场地：平就是陡的终极，这使我很奇异；推想这种感受，领悟的人又能有多少呢？从山上看下去，县城被层层的山箍着，如一个盆儿，这是往日住在县城里不能想象的，而且城中的楼很小，街极细，行人更觉可笑，那么一点，蠕蠕地动。万象全在眼底，我觉得有些超尘，将人间妙事全看得清清楚楚。

这当儿，太阳出来了，光华四射，宇宙朗朗。齿形的丛峰一下子赤红起来，我兴奋地爬上最高的那个齿上，面对红日，作着遐想：天下已经大白，这是雄鸡的功劳，可是，呼唤黎明的雄鸡在哪儿，是到地底下去了，留下了这朵鸡冠吗？这伟大的鸡，它的功劳正是在于天下大白前的巨鸣，如今虽然沉默，但它是真正的不荒寂的。

武夷，武夷——闽行散记之一

高洪波

在我的主观印象里，"武夷"两个字是"武装的夷人"之简化。如果仅就发音而言，"武夷"又极像"唔咦"两声感叹词。

其实大谬。

武装的夷人固然有，那是在大小凉山、西南边地，面对壮丽山水发出"唔咦"之叹，也似有些牵强附会。武夷，武夷，没料到是两个人的名字的组合，一武一夷，在远古时代开发了这座秀美的山区，于是后人称之为武夷。

武夷山原属福建崇安县，现在成立了武夷山市，"山"与"市"尽管不那么协调，一呈野趣的幽静，一显市井的繁华，但这只不过是美山丽水的一种符号，因此武夷山市很庄严很快活地站立在中国地图上，引起游人众多的遐思。

武夷山与武夷山市，在我看来极像是一枚甜石榴、一只香蕉同它们的果皮之间的关系。武夷山自然是果肉，没有这果肉，没有这令人神思悠然的山水风光，"市"也罢，"皮"也罢，全无所凭借。

我们一行人住宿在百花岩宾馆，远离市区，但也没进入山区，介乎于半山半市之间。这宾馆虽然谈不上高档，但是建筑奇特，给人一种匠心独运的印象。

首先是竹子。厅堂里有一天井，天井二丈见方，却种了密密的几十竿竹子，这天井和竹子属于宾馆建筑的有机组合。在回廊两侧，也植了疏朗有致的罗汉竹。于是你一踏入百花岩宾馆，竹子们便像热情的服务员一样，以婀娜的身姿为你去尘消乏，让你神清气爽。

进入客房，竹子更多，也更具象地显示出自己的存在。床是竹床，椅是竹椅，墙是竹隔板，地是竹地板，连灯罩也以竹篾编成。顶妙的是竹沙发，从外观看是斜切竹简式的造型，细部则由一根根竹子组成，扶手、坐板、沙发腿，一律是竹子家族，或模拟竹子的外形。总之，踏入武夷山，竹子们以自己的颜色、质地、气质和实用性，给我们以极强烈的震动。"宁可食无肉，不可居无竹"，好像是某位先贤的居住观，在武夷山达到了某种极致。

住定之后，竹子不再争着抢着表现自己，推窗眺望武夷山，暮色里一片黛绿，雾如轻纱，在山坳里浅浅漫过，山脊上有剪影似的竹影，那竹子想必是极高极大的！因为它们唤起了我关于云南的记忆，云南的凤尾竹常常在暮色里垂头沉思，把暮霭晚霞温柔地揽入怀里，竹叶婆娑，常令感伤的旅人凄清落泪。武夷山上的竹子不知是否具有"边地效应"，我想努力辨析出它们的血缘，夜色不客气地掩袭上来、竹影渐渐融入灰黑中，只留下山峦叠嶂那模糊而粗糙的轮廓。武夷山的夜，好静。

清晨是被鸟儿衔来的，至少我有这个感觉。武夷山夜景尚未在脑际褪尽，鸟儿们叽叽喳喳把我们唤醒。竹林里有一只鸣声清丽的鸟儿，似乎格外卖力，从它欢悦的歌声里，我听出了武夷山小生灵们的愉快。我知道，竹子和小鸟，仅只是偌大武夷山的小小序曲，至于那悠扬优美幽雅的整体旋律，要靠旅人自己去全副身心地体味了。

济南的秋天

老 舍

　　济南的秋天是诗境的。设若你的幻想中有个中古的老城，有睡着了的大城楼，有狭窄的古石路，有宽厚的石城墙，环城流着一道清溪，倒映着山影，岸上蹲着红袍绿裤的小妞儿。你的幻想中要是这么个境界，那便是济南。设若你幻想不出——许多人是不会幻想的——请到济南来看看吧。

　　请你在秋天来。那城，那河，那古路，那山影，是终年给你预备着的。可是，加上济南的秋色，济南由古朴的画境转入静美的诗境中了。这个诗意的秋光秋色是济南独有的。上帝把夏天的艺术赐给瑞士，把春天的赐给西湖，秋和冬的全赐给了济南。秋和冬是不好分开的，秋睡熟了一点便是冬，上帝不愿意把它忽然唤醒，所以作个整人情，连秋带冬全给了济南。

　　诗的境界中必须有山有水。那么，请看济南吧。那颜色不同，方向不同，高矮不同的山，在秋色中便越发的不同了。以颜色说吧，山腰中的松树是青黑的，加上秋阳的斜射，那片青黑便多出些比灰色深，比黑色浅的颜色，把旁边的黄草盖成一层灰中透黄的阴影。山脚是镶着各色条子的，一层层的，有的黄，有的灰，有的绿，有的似乎是藕荷色儿。山顶上的色儿也随着太阳的转移而不同。山顶的颜色不同还不重要，山腰中的颜色不同才真叫人想作几句诗。山腰中的颜色是永远在那儿变动，特别是在秋天，那阳光能够忽然清凉一会儿，忽然又温暖一会儿，这个变动并不激烈，可是山上的颜色觉得出这个变化，而立刻随着变换。忽然黄色更真了一些，忽然又暗了一些，忽然像有层看不见的薄雾在那儿流动，忽然像有股细风替"自然"调和着彩色，轻轻地抹上一层各色俱全而全是淡美的色道儿。有这样的山，再配上那蓝的天，晴暖的阳光；蓝得像要由蓝变绿了，可又没完全绿了；晴暖得要发燥了，可是有点凉风，正和诗一样的温柔；这便是济南的秋。况且因为颜色的不同，那山的高低也更显然了。高的更高了些，低的更低了些，山的棱角曲线在晴空中更真了，更分明了，更瘦硬了。看山顶上那个塔！

再看水。以量说，以质说，以形式说，哪儿的水能比济南？有泉——到处是泉——有河，有湖，这是由形式上分。不管是泉是河是湖，全是那么清，全是那么甜，哎呀，济南是"自然"的Sweet heart吧？大明湖夏日的莲花，城河的绿柳，自然是美好的了。可是看水，是要看秋水的。济南有秋山，又有秋水，这个秋才算个秋，因为秋神是在济南住家的。先不用说别的，只说水中的绿藻吧。那份儿绿色，除了上帝心中的绿色，恐怕没有别的东西能比拟的。这种鲜绿全借着水的清澄显露出来，好像美人借着镜子鉴赏自己的美。是的，这些绿藻是自己享受那水的甜美呢，不是为谁看的。它们知道它们那点绿的心事，它们终年在那儿吻着水波，做着绿色的香梦。淘气的鸭子，用黄金的脚掌碰它们一两下。浣女的影儿，吻它们的绿叶一两下。只有这个，是它们的香甜的烦恼。羡慕死诗人呀！

在秋天，水和蓝天一样的清凉。天上微微有些白云，水上微微有些波皱。天水之间，全是清明，温暖的空气，带着一点桂花的香味。山影儿也更真了。秋山秋水虚幻地吻着。山儿不动，水儿微响。那中古的老城，带着这片秋色秋声，是济南，是诗。

青岛海景

蹇先艾

    我爱山，我也爱海；我爱山的崇高、雄浑、威严，我也爱海的宽容、伟大、汪洋。如果拿这两种东西来象征人格的话，我也就最崇拜这两种人格。我是在山国里生长大的人，我们的庭园便包围在纠纷的群山之中。我曾经有一个很长的时期，朝朝暮暮晤对着山上的城墙、荒坟、古庙、茅屋、圮塔与松林。我还穿着线耳草鞋，走过蜿蜒龙蟠的九溪十八涧和蛮荒的山路。我个人对于山的知识比对于海的知识多得多。海，我却很少有机会去接触，或者去细细地领略。说句真话，有时候我更偏爱我们祖国的黄河和扬子江；那两条水的天险，波涛，泥沙，与鸣咽，能够给我们以更深的刺激，引起我们对于国家的命运的兴叹。我们目前需要的是生命的呼号，巨浪掀起，挣扎，搏斗，像我们那古老的江河一样。不过，海，在宁静的时候，我们也同样需要它的宽大，海涵，来培养或扩充我们的人格。我觉得我们在国难严重的时期，应当学咆哮的江河；在太平时代，才应当学浩渺的海水。

1936年夏天，我在青岛住了一个星期。青岛的市政，柏油的马路，巍峨的建筑，蓊郁的树木，自然值得称赞；但是我并不怎样地注意，我每天的生活总是到海边去散步，拾蚌壳，或者默坐，遥对着海景。海风拂拂地吹到我的脸上，虽然带着一点腥气与咸味，然而阻止不了我对于海的倾慕，对于海的陶醉。

我刚到青岛的那天，便在给一个朋友的信中写道：

"……黄昏时候，火车渐渐地走得缓慢起来，浩瀚的大海便展开在我们的眼前了。参差不齐的帆墙严密地排在海边。太阳不见了，天上灰絮似的云影移动着。天连水，水连天。云翳在辽阔的天空中幻变成各式各样的形体：有的像飞禽，有的像走兽，有的像层叠的山峰……"这是青岛海景第一次给我的印象。

次日早晨，空气异常潮湿，在细雨蒙蒙的飘飞中，我一个人便跑到海滨去散步。一出门，走不上几步，我的眼镜便被雨打湿了，简直辨不出路径来。终于走到海滨公园，我坐在一张褐色的石桌前，面对着大海。桌下便是一带嶙峋的岩石，有几个日本女孩在那里寻找海蟹与海螺，光着脚跑来跑去，好像在平地上走路的样子。海上的左岸的轮廓，比较分明，迤逦着房舍的行列，红顶黄墙堆积在绿树丛中，由海边蔓延到高坡上去。山峦起伏在灰色雾毂里面，景象极其迷蒙。对面是一片镶嵌着绿林的小岛，左边海水茫茫，望不到涯涘，有两三点帆影在海上起伏；远的模糊，近影清晰。海水的呼啸，像深山里一万个瀑布声。海面有一碧万顷的波澜在摇动。靠岸是一簇一簇的白沫似的巨浪，变化迅速，不可捉摸。有时像充满了愤怒，哗哗地抨击着海岸；有时一小股小股地跳上岩石来，又跳回去，比小孩子还活泼。我沉醉了，我的长年郁闷着的心胸，得到了暂时的舒解。到了午饭的时候，我还是依恋着不肯回到旅舍去。

山阴道上

徐蔚南

一条修长的石路，右面尽是田亩，左面是一条清澈的小河。隔河是个村庄，村庄的背景是一联青翠的山岗。这条石路，原来就是所谓"山阴道上，应接不暇"的山阴道。诚然，"青的山，绿的水，花花世界"。我们在路上行时，望了东又要望西，苦了一双眼睛。道上很少行人，有时除了农夫自城中归来，简直没有别个人影了。我们正爱那清冷，一月里总来这道上散步二三次。道上有个路亭，我们每次走到路亭里，必定坐下来休息一会。路亭的两壁墙上，常有人写着许多粗俗不通的文句，令人看了发笑。我们穿过路亭，再往前走，走到一座石桥边，才停步，不再往前走了，我们去坐在桥栏上瞭望四周的野景。

桥下的河水，尤清洁可鉴。它那喃喃的流动声，似在低诉那宇宙的永久秘密。

下午，一片斜晖，映照河面，有如将河水镀了一层黄金。一群白鸭聚成三角形，最魁梧的头做向导，最后的是一排瘦瘠的，在那镀金的水波上向前游去，向前游去。河水被鸭子分成二路，无数软弱的波纹向左右展开，展开，展开，展到河边的小草里，展到河边的石子上，展到河边的泥……

我们在桥栏上这样注视着河水的流动，心中便充满了一种喜悦。但是这种喜悦只有唇上的微笑，轻匀的呼吸，与和善的目光能表现得出。我还记得那一天，当时我和他两人看了这幅天然的妙画，我们俩默然相视了一会，似乎我们的心灵已在一起，已互相了解，我们的友谊已无须用言语解释，——更何必用言语来解释呢？

远地里的山冈，不似早春时候尽被白漫漫的云雾罩着了，巍然接连着站在四围，青青地闪出一种很散漫的薄光来。山腰里的寥落松柏也似乎看得清楚了。桥左旁的山的形式，又自不同，独立在那边，黄色里泛出青绿来，不过山上没有一株树木，似乎太单调了；山麓下却有无数的竹林和丛薮。

离桥头右端三四丈处，也有一座小山，只有三四丈高，山巅上纵横都有四五丈，方方的有如一个露天的戏台，上面铺着短短的碧草。我们每登上了这山顶，便如到了自由国土一般，将整日幽闭在胸间的游戏性质，尽情发泄出来。我们丝毫没有一点害羞，丝毫没有一点畏惧，我们尽我们的力量，唱起歌来，做起戏来，我们大笑，我们高叫。啊！多么活泼，多么快乐！几日来积聚的烦闷完全消尽了。玩得疲乏了，我们便在地上坐下来，卧下来，观着那青空里的白云。白云确有使人欣赏的价值，一团一团地如棉花，一卷一卷地如波涛，连山一般地拥在那儿，野兽一般地站在这边：万千状态，无奇不有。这一幅最神秘最美丽最复杂的画片，只有睁开我们的心灵的眼睛来，才能看出其间的意义和幽妙。

太阳落山了，它的分外红的强光从树梢头喷射出来，将白云染成血色，将青山也染成血色。在这血色中，它渐渐向山后落下，忽而变成一个红球，浮在山腰里。这时它的光已不耀眼了，山也暗淡了，云也暗淡了，树也暗淡了——这红球原来是太阳的影子。

苍茫暮色里，有几点星火在那边闪动，这是城中电灯放光了。我们不得不匆匆回去。

森林的墓地

（苏联）普里什文

　　人们砍了一片树木去做柴火，不知为什么没有全部运走，一堆一堆地留在这里那里。有些地方的柴堆，已经完全消失在繁生着宽大而鲜绿的叶子的小白杨树丛中或茂密的云杉树丛中了。

　　熟悉森林生活的人，对于这种采伐迹地很感兴趣。森林是一部天书，而采伐迹地是书中打开的一页。生长着的松树被砍掉以后，阳光便照射进来，野草欣然茁长，又密又高，使得松树和云杉的种子不能发育成长。大耳的小杨树居然把野草战胜了，不顾一切地长得蓊蓊郁郁。待它们征服了野草，喜欢阴湿的小云杉树却又在它们下面成长起来，而且竟超过了它们，于是，云杉便照例更替松树。不过，这个采伐迹地上的是混合的森林，而最主要的，这里有一片片泥泞的苔藓——自从树林砍伐以后，那苔藓十分得意，生气勃勃哩。

就在这个采伐迹地上，现在可以看到森林的丰富多彩的全部生活：这里有结着天蓝色和红色果实的苔藓，有的苔藓是红的，有的是绿的，有像小星星一般的，也有大朵的，还有稀疏的点点的白地衣，并且夹有血红的越橘，还有矮矮的丛林……各处老树桩旁边，幼嫩的松树、云杉和白桦被树桩的暗黑的底色衬托出来，在阳光下显得耀眼生花。生活的蓬勃交替给人以愉快的希望。黑色的树桩，这些原先高入云霄的树木的裸露的坟墓，丝毫也不显得凄凉，哪里像人类墓地上的情景。

树木的死法各不相同。譬如白桦树，它是从内部腐烂的，你还一直把它的白树皮当作一棵树，其实里面早已是一堆朽物了。这种海绵似的木质，蓄满了水分，非常沉重；如果把这样的树推一下，一不小心，树梢倒下来，会打伤人，甚至砸死人。你常常可以看到白桦树桩，如同一个花球：树皮依然是白的，树脂很多，还不曾腐烂，仿佛是一个白衬领，而当中的朽木上，却长满了花朵和新的小树苗。至于云杉和松树，死了以后，都先像脱衣服一般把全身树皮一截一截脱掉，形成堆儿归在树下。然后，树梢坠落，树枝也断了，最后连树桩都要烂掉。

如果有心细察锦毯一般的大地，无论哪个树桩的废墟都显得那么美丽如画，不亚于富丽堂皇的宫廷和宝塔的废墟。数不尽的花儿、蘑菇和蕨草匆匆地来弥补一度高大的树木的消殒。但是最先还是那大树在紧挨树桩的边上长出一棵小树来。鲜绿的、星斗一般的、带有密密麻麻褐色小锤子的苔藓，急着去掩盖那从前曾把整棵树木支撑起来，现在却一截截横陈在地上的光秃的朽木；在那片苔藓上，常常有又大又红、状如碟子的蘑菇。而浅绿的蕨草，红色的草莓、越橘和淡蓝的黑莓，把废墟团团围了起来。酸果的藤蔓也是常见的，它们不知为什么老要爬过树桩去；你看那长着小巧的叶儿的细藤上，挂了好些红艳艳的果子，给树桩的废墟平添了许多诗情画意。

（潘安荣 译）

沙漠

（法国）纪 德

多少次黎明即起，面向霞光万道，比光轮还明灿的东方；多少次走到绿洲的边缘，那里的最后几棵棕榈枯萎了，生命再也战胜不了沙漠；多少次啊，我把自己的欲望伸向你，沐浴在阳光中的酷热的大漠，正如俯向这无比强烈的耀眼的光源……何等激动的瞻仰、何等强烈的爱恋，才能战胜这沙漠的灼热呢？

不毛之地；冷酷无情之地；热烈赤诚之地；先知神往之地。啊！苦难的沙漠、辉煌的沙漠，我曾狂热爱过你。

在那时时出现海市蜃楼的北非盐湖上，我看见犹如水面一样的白茫茫的盐层。——我知道，湖面上映照着碧空——盐湖湛蓝得好似大海，——但是为什么——会有一簇簇灯心草，稍远处还会矗立着正在崩坍的页岩峭壁——为什么会有漂浮的船只和远处宫殿的幻象？——所有这些变了形的景物，悬浮在这片臆想的深水之上(盐湖岸边的气味令人作呕；岸边是可怕的泥灰岩，吸饱了盐分，暑气熏蒸)。

我曾见在朝阳的斜照中，阿马尔卡杜山变成玫瑰色，好像是种燃烧的物质。

我曾见天边狂风怒吼，飞沙走石，令绿洲气喘吁吁，像一只遭受暴风雨袭击而惊慌失措的航船；绿洲被狂风掀翻。而在小村庄的街道上，瘦骨嶙峋的男人赤身露体，蜷缩着身子，忍受着炙热焦渴的折磨。

我曾见荒凉的旅途上，骆驼的白骨蔽野；那些骆驼因过度疲惫，再难赶路，被商人遗弃了；随后尸体腐烂，叮满苍蝇，散发出恶臭。

我也曾见过这种黄昏：除了鸣虫的尖叫，再也听不到任何歌声。

——我还想谈谈沙漠：

生长细茎针茅的荒漠，游蛇遍地；绿色的原野随风起伏。

乱石的荒漠，不毛之地。页岩熠熠闪光；小虫飞来舞去；灯心草干枯了。在烈日的曝晒下，一切景物都发出劈劈啪啪的声音。

黏土的荒漠，只要有一场雨，万物就会充满生机。虽然土地过于干旱，难得露出一丝笑容，但雨后簇生的青草似乎比别处更嫩更香。由于害怕未待结实就被烈日晒枯，青草都急急忙忙地开花，授粉播香，它们的爱情是急促短暂的。可是太阳又出来了，大地龟裂、风化，水从各个裂缝里逃遁。大地坼裂得面目全非；尽管大雨滂沱，激流涌进沟里，冲刷着大地；但大地无力挽留住水，依然干涸而绝望。

黄沙漫漫的荒漠——宛似海浪的流沙，在远处像金字塔一样指引着商队。登上一座沙丘，便可望见天边另一座沙丘的顶端。

刮起狂风时，商队停下，赶骆驼的人便在骆驼的身边躲避。这里生命灭绝，唯有风与热的搏动。阴天下雨，沙漠犹如天鹅绒一般柔软，夕照中，像燃烧的火焰；而到清晨，又似化为灰烬。沙丘间是白色的谷壑，我们骑马穿过，每个足迹都立即被尘沙所覆盖。由于疲惫不堪，每到一座沙丘，我们总感到难以跨越了。

黄沙漫漫的荒漠啊，我早就应当狂热地爱你！但愿你最小的尘粒在它微小的空间，也能映现宇宙的整体！微尘啊，你是从何种爱情中分离出来的？微尘也想得到人类的赞颂。

我的灵魂，你曾在黄沙上看到什么？

白骨——空的贝壳……

一天早上，我们来到一座高高的沙丘脚下避日。我们坐下；那里还算阴凉，悄然长着灯心草。

至于黑夜，茫茫黑夜，我能谈些什么呢？

海浪输却沙丘三分蓝，胜似天空一片光。

——我熟悉这样的夜晚，似乎觉得一颗颗明星格外璀璨。

（冯寿农 张弛 译）

爱晚亭

谢冰莹

萧索的微风，吹动沙沙的树叶；潺潺的溪水，和着婉转的鸟声。这是一曲多么美的自然音乐呵！

枝头的鸣蝉，大概有点疲倦了？不然，何以它们的声音这样断续而凄楚呢！

溪水总是这样穿过沙石，流过小草轻软地响着，它大概是日夜不停的吧？

翩翩的蝶儿已停止了它们的工作躺在丛丛的草间去了。唯有无数的蚊儿还在绕着树枝一去一来地乱飞。

浅蓝的云里映出从东方刚射出来的半边新月，她好似在凝视着我，睁着眼睛紧紧地盯望着我——望着在这溪水之前，绿树之下，爱晚亭旁之我——我的狂态。

我乘着风起时大声呼啸，有时也蓬头乱发地跳跃着。哦哦，多么有趣哟！当我左手提着绸裙，右臂举起轻舞时，那一副天真娇憨而又惹人笑的狂态完全照在清澄的水里。于是我对着溪水中舞着的影儿笑了，她也笑了！我笑得更厉害，她也越笑得起劲。于是我又望着她哭，她也皱着眉张开口向我哭。我真的流起泪来了，然而她也掉了泪。她的泪和我的泪竟一样多，一样地快慢掉在水里。

有时我跟着蛤蟆跳，它跳入草里，我也跳入草里，它跳在石上蹲着，我也蹲在石的上面，可是它洞然一声跳进溪水里，我只得怅惘地痴望着它很自由地游行罢了。

更有时鸟唱歌，我也唱歌；但是我的嗓子干了，声音嘶了。它还在很得意很快活似的唱着。

最后，我这样用了左手撑持着全身，两眼斜视着衬在蔚蓝的天空里的那几片白絮似的柔云，和向我微笑的淡月。

我望久了，眼帘中像有无限的针刺着一般，我倦极了，倒在绿茸茸的嫩草上悠悠地睡了。和煦的春风，婉转的鸟声，一阵阵地，一声声地竟送我入了沉睡之乡。

梦中看见了两年前死去的祖母，和去腊刚亡的两个表弟妹。祖母很和蔼地在微笑着抱住我亲吻，弟妹则牵着我的衣要求我讲《红毛野人的故事》，我似醒非醒地在觉伤心，叹了一声深长的冷气。

清醒了，完全清醒了；打开眼睛，满眼春色，于是我又忘掉了刚才的梦。

然而当我斜倚石栏，倾听风声，睨视流水，回忆过去一切甜蜜而幸福的生活时，不觉又是"清泪斑斑襟上垂"了。

但是，清风吹干了泪痕，散发罩住着面庞的时候，我又抬起头来望着行云和流水、青山和飞鸟微微地苦笑了一声。

唉！

我愿以我这死灰、黯淡、枯燥、无聊的人生，换条欣欣向荣、生气蓬勃的新生命。

我愿以我这烦闷而急躁的心灵，变成和月姊那样恬淡，那样悠闲。

我愿所有的过去和未来的泪珠，都付之流水！

我愿将满腔的忧愤，诉之于春风！

我愿将凄切的悲歌，给予林间鸣鸟！

我愿以绵绵的情丝，挂之于树梢！

我愿以热烈的一颗赤心，浮之于太空！

我愿我所有的一切，都化归乌有，化归乌有呵！

淡淡的阳光，穿过丛密的树林，穿过天顶，渐渐地往西边的角上移去，归鸦掠过我的头顶，呜呀呜呀地叫了几声；蝉声也嘈杂起来，流水的声音似乎也宏大了，林间的晚风也开始了它们的工作。我忽而打了一个寒噤，觉得有些凉意了，站起来整理了衣裙，低头望望我坐着的青草，已被我蹂躏得烘热而稀软了。

"春风吹来，露珠润了之后，它该能恢复原状吧？"我很悲伤地叹息着说。

　　我提起裙子，走下亭来。一个正在锄土的农夫，忽然伸了伸腰，回转头来目不转睛地望着我——一直到我拐弯之后，他才收了视线。

静寂的园子

巴　金

没有听见房东家的狗的声音。现在园子里非常静。那棵不知名的五瓣的白色小花仍然寂寞地开着。阳光照在松枝和盆中的花树上，给那些绿叶涂上金黄色。天是晴朗的，我不用抬起眼睛就知道头上是晴空万里。

忽然我听见洋铁瓦沟上有铃子响声，抬起头，看见两只松鼠正从瓦上溜下来，这两只小生物在松枝上互相追逐取乐。它们的绒线球似的大尾巴，它们的可爱的小黑眼睛，它们颈项上的小铃子吸引了我的注意。我索性不转睛地望着窗外。但是它们跑了两三转，又从藤萝架回到屋瓦上，一瞬间就消失了，依旧把这个静寂的园子留给我。

我刚刚埋下头，又听见小鸟的叫声。我再看，桂树枝上立着一只青灰色的白头小鸟，昂起头得意地歌唱。屋顶的电灯线上，还有一对麻雀在叽叽喳喳地讲话。

我不了解这样的语言。但是我在鸟声里听出了一种安闲的快乐。它们要告诉我的一定是它们的喜悦的感情。可惜我不能回答它们。我把手一挥，它们就飞走了。我的话不能使它们留住，它们留给我一个园子的静寂。不过我知道它们过一阵又会回来的。

现在我觉得我是这个园子里唯一的生物了。我坐在书桌前俯下头写字，没有一点声音来打扰我。我正可以把整个心放在纸上。但是我渐渐地烦躁起来。这静寂像一只手慢慢地挨近我的咽喉。我感到呼吸不畅快了。这是不自然的静寂。这是一种灾祸的预兆，就像暴雨到来前那种沉闷静止的空气一样。

我似乎在等待什么东西。我有一种不安定的感觉，我不能够静下心来。我一定是在等待什么东西。我在等待空袭警报；或者我在等待房东家的狗吠声，这就是说，预行警报已经解除，不会有空袭警报响起来，我用不着准备听见凄厉的汽笛声（空袭警报）就锁门出去。近半月来晴天有警报差不多成了常例。

可是我的等待并没有结果。小鸟回来后又走了；松鼠们也来过一次，但又追逐地跑上屋顶，我不知道它们消失在什么地方。从我看不见的正面楼房屋顶上送过来一阵的乌鸦叫。这些小生物不知道人间的事情，它们不会带给我什么信息。

我写到上面的一段，空袭警报就响了。我的等待果然没有落空。这时我觉得空气在动了。我听见巷外大街上汽车的叫声。我又听见飞机的发动机声，这大概是民航机飞出去躲警报。有时我们的驱逐机也会在这种时候排队飞出，等着攻击敌机。我不能再写了，便拿了一本书锁上园门，匆匆地走到外面去。

在城门口经过一阵可怕的拥挤后，我终于到了郊外。在那里耽搁了两个多钟头，和几个朋友在一起，还在草地上吃了他们带出去的午餐。警报解除后，我回来，打开锁，推开园门，迎面扑来的仍然是一个园子的静寂。

我回到房间，回到书桌前面，打开玻璃窗，在继续执笔前还看看窗外。树上，地上，满个园子都是阳光。墙角一丛观音竹微微地在飘动它们的尖叶。一只大苍蝇带着嗡嗡声从开着的窗飞进房来，在我的头上盘旋。一两只乌鸦在我看不见的地方叫。一只黄色小蝴蝶在白色小花间飞舞。忽然一阵奇怪的声音在对面屋瓦上响起来，又是那两只松鼠从高墙沿着洋铁滴水管溜下来。它们跑到那个支持松树的木架上，又跑到架子脚边有假山的水池的石栏杆下，在那里追逐了一回，又沿着木架跑上松枝，隐在松叶后面了。松叶动起来，桂树的小枝也动了，一只绿色小鸟刚刚歇在那上面。

狗的声音还是听不见。我向右侧着身子去看那条没有阳光的窄小过道。房东家的小门紧紧地闭着。这些时候那里就没有一点声音。大概这家人大清早就到城外躲警报去了，现在还不曾回来。他们回来恐怕在太阳落坡的时候。那条肥壮的黄狗一定也跟着他们"疏散"了，否则会有狗抓门的声音送进我的耳里来。

我又坐在窗前写了这许多字。还是只有乌鸦和小鸟的叫声陪伴我。苍蝇的嗡嗡声早已寂灭了。现在在屋角又响起了老鼠啃东西的声音。都是响一回又静一回的，在这个受着轰炸威胁的城市里我感到了寂寞。

然而像一把刀要划破万里晴空似的，嘹亮的机声突然响起来。这是我们自己的飞机。声音多么雄壮，它扫除了这个园子的静寂。我要放下笔到庭院中去看天空，看那些背负着金色阳光在蓝空里闪耀的灰色大蜻蜓。那是多么美丽的景象。

迷人的夏季牧场

碧　野

　　就在雪的群峰的围绕中，一片绮丽的千里牧场展现在你的眼前。墨绿的原始森林和鲜艳的野花，给这辽阔的千里牧场镶上了双重富丽的花边。千里牧场上长着一色青翠的酥油草，清清的溪水齐着两岸的草丛在漫流。草原是这样无边的平展，就像风平浪静的海洋。在太阳下，那点点水泡似的蒙古包在闪烁着白光。

　　当你尽情策马在这千里草原上驰骋的时候，处处都可以看见千百成群肥壮的羊群、马群和牛群。它们吃了含有乳汁的酥油草，毛色格外发亮，好像每一根毛尖都冒着油星。特别是那些被碧绿的草原衬托得十分清楚的黄牛、花牛、白羊、红羊，在太阳下就像绣在绿色缎面上的彩色图案一样美。

　　有的时候，风从牧群中间送过来银铃似的叮当声，那是哈萨克牧女们坠满衣角的银饰在风中击响。牧女们骑着骏马，优美的身姿映衬在蓝天、雪山和绿草之间，显得十分动人。她们欢笑着跟着嬉逐的马群驰骋，而每当停下来，就骑马轻轻地挥动着牧鞭歌唱她们的爱情。

这雪峰、绿林、繁花围绕着的天山千里牧场，虽然给人一种低平的感觉，但位置却在海拔两三千公尺以上。每当一片乌云飞来，云脚总是扫着草原，洒下阵雨，牧群在雨云中出没，加浓了云意，很难分辨得出哪是云头哪是牧群。而当阵雨过去，雨洗后的草原就变得更加清新碧绿，远看像块巨大的蓝宝石，近看缀满草尖上的水珠，却又像数不清的金刚钻。

特别诱人的是牧场的黄昏，周围的雪峰被落日映红，像云霞那么灿烂；雪峰的红光映射到这辽阔的牧场上，形成了一个金碧辉煌的世界，蒙古包、牧群和牧女们，都镀上了一色的玫瑰红。当落日沉没，周围雪峰的红光逐渐消退，银灰色的暮霭笼罩草原的时候，你就可以看见无数点点的红火光，那是牧民们在烧起铜壶准备晚餐。

你用不着客气，任何一个蒙古包都是你温暖的家，只要你朝火光的地方走去，不论走进哪一家的蒙古包，好客的哈萨克牧民都会像对待亲兄弟似的热情地接待你。渴了你可以先喝一盆马奶，饿了有烤羊排，有酸奶疙瘩，有酥油饼，你可以一如哈萨克牧民那样豪情地狂饮大嚼。

当家家蒙古包的吊壶三脚架下的野牛粪只剩下一片片红火灰的时候，夜风就会送来冬不拉的弦音和哈萨克牧民们婉转嘹亮的歌声。这是十家八家聚居在一处的牧民们齐集到一家比较大的蒙古包里，欢度一天最后的幸福时辰。

过后，整个草原沉浸在夜静中。如果这时你披上一件皮衣走出蒙古包，在月光下或繁星下，你就可以朦胧地看见牧群在夜的草原上轻轻地游荡。夜的草原是那么宁静而安详，只有漫流的溪水声引起你对这大自然的遐思。

鸟的天堂

巴　金

我们吃过了晚饭。热气已经退了。太阳落下了山坡，只留下一段灿烂的红霞在天边，在山头，在树梢。

"我们划船去！"陈提议说，那时候我们大家站在校前的池畔，看那山景。

"好。"别的朋友高兴地接口说。我也跟着赞同了。

我们走过一段石子路，很快地就到了河边。那里有一个茅草搭的水阁。穿过水阁，在河边两棵大树下我们找到了几只小船。

我们陆续跳在一只船上。一个朋友解开绳子，拿起竹竿一拨，船缓缓地动了，向河中间流去。

三个朋友划着船，我和叶坐在船中望四周的景致。

远远地一座塔耸立在山坡上，许多绿树拥抱着它。在这附近很少有那样的塔，那里就是朋友Y的家乡，我明天就要到那里去，登那山，上那塔。

河面是很宽的，白茫茫的水上没有一点波浪。船平静地在水面流动。三只桨有规律地在水里拨动，那声音送进耳朵来就像一曲音乐。

在一个地方河面变窄了。一簇簇的绿叶突出到水面来。那树叶真绿得可爱，是许多株茂盛的榕树，但我却看不出它们的树干在什么地方。

当我说许多株榕树的时候，我的错误马上就给朋友们纠正了，一个朋友说那里只有一株榕树，另一个朋友说那里的榕树是两株。我看见过不少的大榕树，但像这样大的榕树我却是第一次看见。

我们的船渐渐逼近那榕树了。我便有了机会看见它的真面目，真是一株大树，枝干的数目是不可计数的。枝上又生根，有许多根直垂到地上，进入了土里。一部分的树枝垂到水面，从远处看，就像一株大树躺卧在水面一般。

这时候正是榕树茂盛的时期（树上已经结了小小的果实，而且许多落下来了）。它现在好像在把它的全部生命力展示给我们看。那么多的绿叶，一簇堆在另一簇上面，不留一点缝隙。那翠绿的颜色明亮地照耀着我们的眼睛，似乎每一片树叶上都有一个新的生命在颤动。这美丽的南国的树。

船在树下泊了片刻，岸上很湿，我们没有上去。朋友说这里是"鸟的天堂"，有许多鸟在这树上做窠中，农民不许人去捉它们。我仿佛听见几只鸟扑翅的声音，但等我的眼睛注意地去看那里时，我却看不见一只鸟的影儿。只有无数的树根立在地上，像许多根木桩。土地是湿的，大概潮涨时河水时常会冲上岸去。鸟的天堂里没有一只鸟儿，我不禁这样想，于是船开了。一个朋友拨着船，缓缓地流到河中间去。

在河边田畔的小径上有几株荔枝树。绿叶丛中垂着累累的红色果实，映到我们的眼帘来就带了大的引诱性。我们的船就往那里流。一个朋友拿起桨把船拨进一条小沟。在那小径旁边，船停住了，我们都跳上了岸。

两个朋友很快地爬到树上去，从树上抛了几枝带叶的荔枝下来，我们接着。我同N和Y三个人站在树下，就剥开几个来吃。等他们下地来时，我们大家一面吃着荔枝，一面回到船上去。这荔枝还没有成熟，大家后来都不想吃了。

第二天我们划着船到Y的家乡去，就是那个有山有塔的地方。从N的小学校出发，我们又经过那"鸟的天堂"。

这一次是在早晨，阳光照耀在水面上，也照在树梢，一切都显得更加光明了。我们也把船在树下泊了片刻。

起初周围是静寂的。后来忽然起了一声鸟叫。朋友N把手一拍，我们便看见一只大鸟飞了起来，接着又看见第二只，第三只。我们继续在拍掌。很快地这树林就变得热闹了，到处都是鸟声，到处都是鸟影。大的，小的，花的，黑的，有的站在树枝上叫，有的飞起来，有的在扑翅膀。

我注意地看着。我的眼睛真是应接不暇，看清楚了这只，又看落了那只，看见了那只，第三只又飞起了。一只画眉鸟飞了出来，给我们的拍掌声惊吓着，又飞进了树林，站在一根小枝上兴奋地叫着。那歌声真好听。

"走罢。"叶催促说。

当小船向着高塔下面的乡村流去的时候，我还回头去看那被抛在后面的茂盛的榕树。我感到一点儿的留恋的心情。昨天是我的眼睛骗了我。那"鸟的天堂"的确是鸟的天堂啊！

一只小鸟

冰 心

有一只小鸟，它的巢搭在最高的枝子上，它的毛羽还未曾丰满，不能远飞；每日只在巢里啁啾着，和两只老鸟说着话儿。它们都觉得非常的快乐。

这一天早晨，它醒了。那两只老鸟都觅食去了。它探出头来一望，看见那灿烂的阳光，葱绿的树木，大地上一片的好景致；它的小脑子里忽然充满了新意，抖刷抖刷翎毛，飞到枝子上，放出那赞美"自然"的歌声来。它的声音里满含着清脆和柔美，唱的时候，好像"自然"也含笑着倾听一般。

树下有许多的小孩子，听见了那歌声，都抬起头来望着——

这小鸟天天出来歌唱，小孩子们也天天来听它，最后他们便想捉住它。

看，它又出来了！它正要发声，忽然嗤的一声，一个弹子从下面射来，它一翻身从树上跌下去。

斜刺里两只老鸟箭也似的飞来，接住了它，衔上巢去。它的血从树隙里一滴一滴的落到地上来。

从此那歌声便消歇了。

那些孩子想要仰望着它，听它的歌声，却不能了。

天涯处处皆芳草

曹靖华

　　这虽是农历残冬腊尽时节，在北国，依然大雪纷飞，滴水成冰；而这儿却云淡风轻，艳阳当空。我们坐在橡胶树林的绿荫里，敞开上衣，让轻风徐徐拂着内衣纳凉。翠"海"茫茫，不知何处是"岸"。偶尔举首仰望，啊，是谁的妙手，搜集了人间所有翡翠，嵌镶成这面无边的翡翠幕幔，把蓝天遮得一丝缝儿也不露呢？艳阳扑到幕幔上，映得一片葱绿耀眼，把台布、人脸、洁白的衬衣、女同志的淡色的夏裙，以及这儿的一切一切啊，都抹上了一层淡淡的绿影。桌上摆着叫不出名字的、从来不曾见过的、香气袭人的各种鲜花；吃着这儿自栽的木瓜、香蕉……喝着这儿自种、自磨的浓郁芬芳的咖啡；听着亚热带作物研究所的负责同志，谈看他们如何响应党的号召，像抚育儿女似的，培育出祖国需要的亚热带作物，使它们在这儿"落地生根"。

我们出了"翡翠幕幔"，浴着阳光，在阵阵花香里，一个作物区一个作物区地慢慢儿走着，欣赏着，赞叹着。不知怎的，大家都恍恍惚惚像在做梦，又像神仙故事里着了魔的人，不知不觉都神魂颠倒起来；又像受了这儿的"落地生根"的魔力，脚下都真正生了"根"。夕阳用特别夸张的手笔，把这些作物的影子，拉得长长地抹到地上，似乎故意在催我们快走一样。我们也确实早已超过了原定时间，可是谁也无力把自己脚下的"根"拔起来，都目不转睛地凝视着那些油棕、油果、油瓜、腰果、咖啡、可可、香茅草、香根草、沉香、留兰香、麝香草、木本夜来香、象牙果、流连果……对着这些含情脉脉的奇花异木，都痴痴地望着出神。不知怎的，大家都这样情意缠绵，望着这些"流连果"，都真正"流连"不忍去了。那"落地生根"呀，它顶端放出一簇簇的一指多粗、二寸多长的淡紫色的简形花，在夕阳的余晖里，仰着娇态逗人的笑脸，迎着远来的客人，仿佛希望你对它多看一眼似的。而我们对着这些奇花异卉，又怎能不"流连"，怎能不脚下生"根"呢！尤其是芳香作物区，花香、枝香、叶香、根香，汇合成芬芳馥郁的氛围，沁人心脾！

"小西双版纳"啊，你这"黎明城"的翡翠呀，我们怎能斩断情"根"，对你不这样"流连"呢！那漫山遍野的紫檀、楠木樟树、铁力木、金鸡纳霜树等等，数不清种类，也叫不出名字的药用植物、经济作物，以及那些千姿百态、芬芳醉人的奇花异卉，占全国植物一半以上的东西，难道谁能把它们都列举出来吗！翡翠嵌成的西双版纳呵，是谁在你上面洒了万年香的花露，使你永世芬芳四溢，处处清香醉人呢！任你走到哪儿，不管是傣族同胞的竹楼下边，不管是澜沧江、流沙河畔，不管是边防战士的身旁，也不管是那迷宫似的、一进去就会迷失方向的原始森林里，总之，任你在哪儿，只消随手摘下一个叶片或拔下一根草茎，用手指轻轻儿一揉，一股浓郁的芳香，准会把你熏醉！

天涯芳草啊！你这浓郁的芳香，浸透了人的心，在人的心坎深处，培育着一种沛然莫之能御的威力，令人对你迸发出烈焰般的爱。倘使有什么歹徒，胆敢用贪婪的眼睛，从祖国"大门口"，不怀好心地对你偷偷儿瞟一眼的话，你身边的好儿女，定当举起武器，发出霹雳般的警告："当心你的贼脑袋！"

天涯芳草啊！祖国的儿女，誓用自己的生命来捍卫你，不许任何歹徒对你有非分之想！

山村书简

郭　风

我们住的村子，叫松坊村。

这里的山很高，树林子很密。

这里是南方的高山地带，有很多青色的松树，有很多桂树。请到我们村里来吧。请到松坊村做客。

你喜欢雪吗？这里十一月便开始下雪了。雪覆盖着我们的荞麦田和紫云英地。雪覆盖着村前的石桥。

过桥，是一条石路；这是一条古老的驿路。这石路上，听说曾经走过黄巢率领的队伍，走过太平军的队伍，走过我们的红军的队伍。

来吧。我们一起踏雪过桥，沿着这条驿路向前走，沿着这条红军曾经走过的道路向前走。请到我们这里来吧。

要是到了夏天，你能够到我们这里来，该多么好。夏天的日子里，午后，或是到了近晚，这里常会下一阵骤雨。

　　骤雨降落在松树林里。骤雨降落在桂花树上。骤雨降落在石桥下的溪里；雨点落在溪流上面，开放了好多好多珍珠般的泡沫的花。

　　一阵骤雨过去了。

　　天上还有未散的煤烟似的雨云。太阳又出来了；看呵，有一道虹，挂在青色的松树林的林梢，挂在蓝色的天边。

　　要是到了夏天，你能够到我们松坊村来，有多么好。你就带一把雨伞，冒着夏天午后的骤雨到我们村里来吧！

　　我们村里有一座石桥。

　　一阵骤雨过去了。天上还有未散的烟般的云，石桥下面的溪水已经开始涨了。我要告诉你，过了不到三小时，溪里的水，又会回到原来的水位，溪滩上露出好多好多鹅卵石。

　　一阵骤雨过去了，溪滩上的鹅卵石给雨水洗得非常明净。我要告诉你，正当夏收时节，从溪滩上的鹅卵石间，开着那么多深黄色的和深红色的石蒜花，像一盏盏深黄色的灯和一盏盏红灯。

　　请到我们村里来吧。

　　我们村里的溪，叫松坊溪。溪上有石桥，还有一个渡口。

　　有一条渡船，系在溪滩的木桩上。我会划渡船，也会在溪上划竹筏。

　　你喜欢坐渡船吗？请到我们这里来吧。我们一起搭渡船过溪。过溪后，我们一起到树林子里去打柴。听说，当年红军经过我们村子里时，便在村前的渡口，搭了渡船和竹筏过溪去。

那是一九三一年，听说，红军曾经路过我们这里；那是在五月的一个深夜，一阵骤雨刚刚过去，有一队红军渡过我们村里的松坊溪……

请到我们这里来吧。我们一起搭渡船过溪去。当年红军路过村里时，曾经在溪上搭过渡船呢。

我想，要是春天到来时，你能够到我们这里来，有多么好。四月，是春天里最美好的月份。

四月，山上的花都开了。四月，山上的杜鹃花都开放了。有红的杜鹃花，有白的杜鹃花，有黄的杜鹃花。

还有，在山坡上，在松树下，草兰在四月里也都开花了。

要是你到我们村里来时，刚好是清明节，我们便一起搭竹筏到附近的煤山垄去。在煤山垄，正在钻探新的煤矿。

在煤山垄，有采煤工人的墓。我们一起采些野花，采些杜鹃花和草兰，放在矿工的墓前。

来吧。请到我们村里来，不论是花开的四月，不论是春天，还是下雪的日子，请到我们村里来。

看花

朱自清

生长在大江北岸一个城市里，那儿的园林本是著名的，但近来却很少；似乎自幼就不曾听见过我们今天看花去一类话，可见花事是不盛的。有些爱花的人，大都只是将花栽在盆里，一盆盆搁在架上；架子横放在院子里。院子照例是小小的，只够放下一个架子；架上至多搁二十多盆花罢了。有时院子里依墙筑起一座花台，台上种一株开花的树；也有在院子里地上种的。但这只是普通的点缀，不算是爱花。

家里人似乎都不甚爱花；父亲只在领我们上街时，偶然和我们到花房里去过一两回。但我们住过一所房子，有一座小花园，是房东家的。那里有树，有花架（大约是紫藤花架之类），但我当时还小，不知道那些花木的名字；只记得爬在墙上的是蔷薇而已。园中还有一座太湖石堆成的洞门；现在想来，似乎也还好的。在那时由一个顽皮的少年仆人领了我去，却只知道跑来跑去捉蝴蝶；有时掐下几朵花，也只是随意揉弄着，随意丢弃了。至于领略花的趣味，那是以后的事；夏天的早晨，我们那地方有乡下的姑娘在各处街巷，沿门叫着，"卖栀子花来"。栀子花不是什么高品，但我喜欢那白而晕黄的颜色和那肥肥的个儿，正是那些卖花的姑娘有着相似的韵味。栀子花的香，浓而不烈，清而不淡，也是我乐意的。我这样便爱起花来了。也许有人会问，"你爱的不是花吧？"这个我自己其实也已不大弄得清楚，只好存而不论了。

在高小的一个春天，有人提议到城外F寺里吃桃子去，而且预备白吃；不让吃就闹一场，甚至打一架也不在乎。那时虽远在五四运动以前，但我们那里的中学生却常有打进戏园看白戏的事。中学生能白看戏，小学生为什么不能白吃桃子呢？我们都这样想，便由那提议人纠合了十几个同学，浩浩荡荡地向城外而去。到了F寺，气势不凡地呵斥着道人们（我们称寺里的工人为道人），立刻领我们向桃园里去。道人们踌躇着说："现在桃树刚才开花呢。"但是谁信道人们的话？我们终于到了桃园里。大家都丧了气，原来花是真开着呢！这时提议人P君便去折花。道人们是一直步步跟着的，立刻上前劝阻，而且用起手来。但P君是我们中最不好惹的；说时迟，那时快，一眨眼，花在他的手里，道人已跟跄在一旁了。那一园子的桃花，想来总该有些可看；我们却谁也没有想着去看。只嚷着，"没有桃子，得沏茶喝！"道人们满肚子委屈地引我们到"方丈"

里，大家各喝一大杯茶。这才平了气，谈谈笑笑地进城去。大概我那时还只懂得爱一朵朵的栀子花，对于开在树上的桃花，是并不了然的；所以眼前的机会，便从眼前错过了。

以后渐渐念了些看花的诗，觉得看花颇有些意思。但到北平读了几年书，却只到过崇效寺一次；而去得又嫌早些，那有名的一株绿牡丹还未开呢。北平看花的事很盛，看花的地方也很多；但那时热闹的似乎也只有一班诗人名士，其余还是不相干的。那正是新文学运动的起头，我们这些少年，对于旧诗和那一班诗人名士，实在有些不敬；而看花的地方又都远不可言，我是一个懒人，便干脆地断了那条心了。后来到杭州做事，遇见了Y君，他是新诗人兼旧诗人，看花的兴致很好。我和他常到孤山去看梅花。孤山的梅花是古今有名的，但太少；又没有临水的，人也太多。有一回坐在放鹤亭上喝茶，来了一个方面有须，穿着花缎马褂的人，用湖南口音和人打招呼道，"梅花盛开嗒！""盛"字说得特别重，使我吃了一惊；但我吃惊的也只是说在他嘴里"盛"这个声音罢了，花的盛不盛，在我倒并没有什么的。

有一回，Y来说，灵峰寺有三百株梅花；寺在山里，去的人也少。我和Y，还有N君，从西湖边雇船到岳坟，从岳坟入山。曲曲折折走了好一会儿，又上了许多石级，才到山上寺里。寺甚小，梅花便在大殿西边园中。园也不大，东墙下有三间净室，最宜喝茶看花；北边有座小山，山上有亭，大约叫望海亭吧，望海是未必，但钱塘江与西湖是看得见的。梅树确是不少，密密地低低地整列着。那时已是黄昏，寺里只我们三个游人；梅花并没有开，但那珍珠似的繁星似的骨朵儿，已经够可爱了；我们都觉得比孤山上盛开时有味。大殿上正做晚课，送来梵呗的声音，和着梅林中的暗香，真叫我们舍不得回去。在园里徘徊了一会，又在屋里坐了一会，天是黑定了，又没有月色，我们向庙里要了一个旧灯笼，照着下山。路上几乎迷了道，又两次三番地狗咬；我们的Y诗人确有些窘了，但终于到了岳坟。船夫远远迎上来道："你们来了，我想你们不会冤我呢！"在船上，我们还不离口地说着灵峰的梅花，直到湖边电灯光照到我们的眼。

Y回北平去了，我也到了白马湖。那边是乡下，只有沿湖与杨柳相间着种了一行小桃树，春天花发时，在风里娇媚地笑着。还有山里的杜鹃花也不少。这些日日在我们眼前，从没有人像煞有介事地提议，我们看花去。但有一位S君，却特别爱养花；他家里几乎是终年不离花的。我们上他家去，总看他在那里不是拿着剪刀修理枝叶，便是提着壶浇水。我们常乐意看着。他院子里一株紫薇花很好，我们在花旁喝酒，不知多少次。白马湖住了不过一年，我却传染了他那爱花的嗜好。但重到北平时，住在花事很盛的清华园里，接连过了三个春，却从未想到去看一回。只在第二年秋天，曾经和孙三先生在园里看过几次菊花。清华园之菊是著名的，孙三先生还特地写了一篇文，画了好些画。但那种一盆一干一花的养法，花是好了，总觉没有天然的风趣。直到去年春天，有了些余闲，在花开前，先向人问了些花的名字。一个好朋友是从知道姓名起的，我想看花也正是如此。恰好Y君也常来园中，我们一天三四趟地到那些花下去徘徊。今年Y君忙些，我便一个人去。我爱繁花老干的杏，临风婀娜的小红桃，贴梗累累如珠的紫荆；但最恋恋的是西府海棠。海棠的花繁得好，也淡得好；艳极了，却没有一丝荡意。疏疏的高干子，英气隐隐逼人。可惜没有趁着月色看过；王鹏运有两句词道："只愁淡月朦胧影，难验微波上下潮。"我想月下的海棠花，大约便是这种光景吧。为了海棠，前两天在城里特地冒了大风到中山公园去，看花的人倒也不少；但不知怎的，却忘了畿辅先哲祠。Y告我那里的一株，遮住了大半个院子；别处的都向上长，这一株却是横里伸张的。花的繁没有法说；海棠本无香，昔人常以为恨，这里花太繁了，却酝酿出一种淡淡的香气，使人久闻不倦。Y告我，正是刮了一日还不息的狂风的晚上；他是前一天去的。他说他去时地上已有落花了，这一日一夜的风，准完了。他说北平看花，是要赶着看的：春光太短了，又晴的日子多；今年算是有阴的日子了，但狂风还是逃不了的。我说北平看花，比别处有意思，也正在此。这时候，我似乎不甚菲薄那一班诗人名士了。

花街

薛尔康

　　花街，多么撩人情思的所在。可是，我所说的花街，一定不是你想象中的。

　　它是路，是用乱石、卵石、碎砖、碎瓦、碎瓷片和碎缸片为主铺筑的窄窄的路。那些用砖瓦构成的席纹、人字纹、间方、斗纹，用卵石碎瓷镶嵌出的六角、套六角、套六方、套八方，用多种废料装点成的梅花、海棠花、冰霜花、十字灯景，甚至还有开屏的孔雀、翔飞的仙鹤……当图案精美、色彩丰富的地纹展现在眼前，你会觉得，没有比用花街两字来称呼脚下的路更合适的了。

　　花街左曲右旋，蜿蜒在苏州园林中，引你渐入佳境。

　　花街为游人铺下一匹素雅的或是华丽的织锦。

　　我多次游览过苏州园林，被那巧夺天工的空间组合艺术吸引了全部注意力，竟不曾留意到脚下的花街；当我终于注视到它的时候，为自己的疏忽感到吃惊：难道不正是它在迂回不尽中引我进入一重又一重美的境界吗？

我不由对自己的疏忽抱着一种内疚的心情。花街在脚下默默地执着地延伸，穿越幽篁茂林，绕过假山池沼，贯通亭台楼阁，仿佛它的存在，只是为了把人引入美妙世界，去领略其中的无限风光。

花街铺地的图案，与园林建筑中福扇、漏窗、挂落、地罩的雕刻艺术是可以媲美的。它在不引人注目的地方，为园林景色做着补充和衬托。只要留心观察一下，凡是曲径通幽处铺地的花纹，多是简练的几何线条，增添着幽邃的氛围；而在柳暗花明处，色彩绚烂的图案似与鲜花斗妍，渲染出热烈的景象。网师园占地不足一亩，是一处具有淡雅明快的明代风格的小园林，花街铺地采用了美丽繁复的大花样，调谐着游人的美感。而以建筑华丽著称的留园，则常衬以朴素自然的构图。具有独特风格的江南园林艺术体系，是因为花街铺地才臻于高度的完美。试想一下，如果代以石板路、水泥路、柏油路，游园者倒会感到美中不足，大为扫兴了。

花街铺地是造园工匠的创造。

传说古时，一座园林落成后，剩下一堆碎砖残瓦，在清扫它们的时候，有位能工巧匠顿生异想：为何不能将它铺成好看的路面呢？于是，腐朽化为神奇，犹如艺术大师最后不经意的一笔，使这座园林达到至美的境界。这一无名氏创造的路的艺术从此流传下来，直到今天。

　　自从认识了花街铺地，苏州园林的情致在我心目中更多了一层深意。

黄河之水天上来

刘白羽

　　细雨蒙蒙的秋天，我从北京乘飞机到兰州，机上即兴吟诗一首："十年未可乘长风，一羽凌霄上碧空。拂去云烟十万里，来看黄河落日红。"

　　不过，说实在话，兰州的黄河令我失望。黄河在我记忆中永远是奔腾呼啸的激流啊！第一次给我的印象特别深，那是四十年前了，我从风陵渡口眺望黄河，滚滚狂涛冲着巨大冰排，天崩地裂，万雷轰鸣，一泻而下，那是何等惊心动魄的气概呀！兰州的黄河未免太安逸平静了。

　　到兰州后，一连落了几日雨。一个下午，我静静地望着窗口，窗中间巍然耸立着碧森森的皋兰山，这整个窗口就像给烟雨淋得湿蒙蒙绿茫茫的一幅画，一阵惊喜微颤过心头，这是一幅多么美妙的东山魁夷的画呀！的确，生活有如迂回曲折的画廊，一下是幽深的峡谷，一下是开阔的原野。谁知当我埋怨兰州的黄河平淡无奇的时候，就在兰州，黄河向我显示了雄伟壮观的景象。这就是刘家峡。

霁雨初晴，西北高原阳光格外灿烂。也许是延安生活在我心中的再现，我总觉得空中响着牧羊人的嘹亮歌声。汽车时而在碎石如斗的山谷之中，时而在辽阔的高原之上。远望刘家峡，层峦叠翠、静谧安详。谁料当汽车转折而下驶到刘家峡电站大坝下，突然冲入淋漓大雨之中。我非常惊讶，天上晴空万里，哪儿来的暴雨狂风呢？我下车转身一看，怔住了，我看到的是什么？如乌云乱卷，如怒火，如狂飙。这些乌云先是从下面向上喷射，喷到半空，又跌落下来，化成茫茫银雾；这一卷卷银雾，给阳光照得闪亮，又飞上高空，乌云白雾，上下翻腾，再向上，如浓墨，如淡墨，直耸高空，像原子弹爆炸的蘑菇云，亭亭而上，岿然不动。这场景真有点惊人。原来接连落了几天雨，水位陡增，水电站提起溢洪道一扇闸门。刚才所见，就是黄河之水从溢洪道口喷射而出的情景。我再举首仰望，只见巉岩壁立，万仞摩天，峡谷之内，烟雾缭绕，浪花飞溅，发出千万惊雷翻滚沸腾的轰鸣。我到坝顶俯视，才看清黄河有如无数巨龙扭在一起飞旋而下，在窄窄两山之间，它咆哮，它奔腾，冲起的雪白浪头竟比岸上的山头还高，是激流，是浓雾，旋卷在一起，浩浩荡荡，汹涌澎湃，远去，远去，再远去，整个黄河都为白烟银雾所笼罩。

我却没有料到，我真正一览黄河雄伟神姿，却是在从乌鲁木齐飞回北京的飞机上。地面一片飞云骤雨，升上高空，忽然一道灿烂阳光透过舷窗射在我脸上，急忙向下看，云雾里巍然耸立着雪峰，雪峰白得像冰霜塑出的，像是那里刚刚落过一阵大雪，雪峰高低不一，层次分明。这是何等苍茫的冰雪的海洋啊！

飞机继续上升，下面出现了莽莽云流，向后飞速驶去，望眼所及之处，有一道整整齐齐的白云线，云线上悬着一条蓝天。飞机再上升，下面完全是旋卷沸腾的云海怒涛了。

又过了一段时间，云海忽然逝去，下面展现出一望无际的深褐色大地，阳光从上面像千万道聚光灯照亮了大地。一种出乎意外的梦幻一般的奇景突然出现，实在惊人，我想一个人一生一世也许只有这样一次吧！我们所生存的地球向你一露神奇的风采。在这茫茫大地之上有一条蜿蜒盘旋的长带。这个长带有的段落是深黑色的，有的段落是银白闪光的。开始我茫然不知这是什么！仔细看时，才知道这是黄河。这苍莽无边无际的母亲大地啊，是它的乳汁，从西北高原深深地层中喷涌出这一道哺育着千秋万代、子子孙孙的河流。它纵横奔驰，湾沱摇泄，呼啸苍天，排挞岩谷。这条莽荡的黄河，一下分散作无数条细流，如万千缨络闪烁飘拂，一下又汇为巨流，如利剑插过深山，势如长风一拂、万弩齐发。多么辽阔无垠的西北高原啊，高原上空，无数美丽的发亮的银白色云团，飘忽闪烁，如白玫瑰花随风飘浮。我发现，云影遮罩着的地段，黄河是深黑色的，阳光直射的地段，黄河就闪着银光。这广大的高原的奇景，使我惊讶得无法形容，如科学发现了宇宙的无穷，如思想探索到人生的奥秘，如艺术施展出富有的、奔驰的幻想的巨大魅力。这时那一曲牧羊人的歌声又嘹亮地响起，不过，这一次它不是在空中，是从我心中飞出，飞下长天，飞下黄河，在随惊涛骇浪而飞扬，而回荡。

小河

徐　刚

面对长江大海，我时常想起小河。

长江是神奇的，大海是广漠的，而小河却是渺小的。这种所谓渺小，自然也是当我长大，并且认识了长江、大海以后得到的感受。其实，在儿时，我并不知道世界上还有什么汪洋大海。家门前的那一条小河也算宽阔，还多少带些神秘的——母亲不让我到河边去玩，说水能淹死人。可是，为什么鸭子能浮在水上呢？为什么鱼儿能自由自在地在河里生活呢？就连河边芦苇丛中的青蛙也不时跳到水中，仿佛小河也是它们的家……

春天，桃花落在水中的时候，连流水也带着香……

夏天，太阳晒得地皮发烫时，河边却冒着凉气……

秋天，野菊花黄的时候，河里的蟹又肥又大……

冬天，芦花变白的时候，我们就盼着快结冰……

在我童年的记忆中，小河是条奇异的带子，牵着我的心，牵着我的梦……

　　梦中的小河是从心上流过的。

　　流在心上的小河是永不消逝的。

小河

金　波

　　我是一条明亮的小河。我不停地向前奔跑着。我望着晴朗的天空，它给我穿一件蓝蓝的干干净净的衣服。当我跑过田野，我看见绿茵茵的麦苗、金灿灿的迎春花，我又换上了一件鲜艳的花衣服了。

　　我是一条明亮的小河。我跑过果园。果园里桃花开了，梨花也开了。春风把花瓣儿洒了我一身。我带着花瓣儿，跑了很远很远的路，人们还闻得到香味哩！

　　我流过田野、山坡、工地、果园，到处都听到歌声。我又带着歌声流向远方。远方的小河也穿着鲜艳的花衣服，飘着香味，带着歌声。我们携起手来，向前跑啊，跑啊，一直跑向大海。

白马湖之冬

夏丏尊

　　在我过去四十余年的生涯中，冬的情味尝得最深刻的，要算十年前初移居白马湖的时候了。十年以来，白马湖已成了一个小村落，当我移居的时候，还是一片荒野。春晖中学的新建筑巍然矗立于湖的那一面，湖的这一面的山脚下是小小的几间新平屋，住着我和刘君心如两家。此外两三里内没有人烟。一家人于阴历十一月下旬从热闹的杭州移居这荒凉的山野，宛如投身于极带中。

　　那里的风，差不多日日有的，呼呼作响，好像虎吼。屋宇虽系新建，构造却极粗率，风从门窗隙缝中来，分外尖削，把门缝窗隙厚厚的用纸糊了，椽缝中却仍有透入。风刮得厉害的时候，天未夜就把大门关上，全家吃毕夜饭即睡入被窝里，静听寒风的怒号，湖水的澎湃。靠山的小后轩，算是我的书斋，在全屋子中风最少的一间，我常把头上的罗宋帽拉得低低地，在洋灯下工作至夜深。松涛如吼，霜月当窗，饥鼠吱吱在承尘上奔窜。我于这种时候深感到萧瑟的诗趣，常独自拨划着炉灰，不肯就睡，把自己拟诸山水画中的人物，作种种幽邈的遐想。

现在白马湖到处都是树木了，当时尚一株树木都未种。月亮与太阳都是整个儿的，从上山起直要照到下山为止。太阳好的时候，只要不刮风，那真和暖得不像冬天。一家人都坐在庭间曝日，甚至于吃午饭也在屋外，像夏天的晚饭一样。日光晒到哪里，就把椅凳移到哪里，忽然寒风来了只好逃难似的各自带了椅凳逃入室中，急急把门关上。在平常的日子，风来大概在下午快要傍晚的时候，半夜即息。至于大风寒，那是整日夜狂吼，要二三日才止的。最严寒的几天，泥地看去惨白如水门汀，山色冻得发紫而黯，湖波泛深蓝色。

下雪原是我所不憎厌的，下雪的日子，室内分外明亮，晚上差不多不用燃灯。远山积雪足供半个月的观看，举头即可从窗中望见。可是究竟是南方，每冬下雪不过一两次。我在那里所日常领略的冬的情味，几乎都从风来。白马湖之所以多风，可以说有着地理上的原因。那里环湖都是山，而北首却有一个半里阔的空隙，好似故意张了袋口欢迎风来的样子。白马湖的山水和普通的风景地相差不远，唯有风却与别的地方不同。风的多和大，凡是到过那里的人都知道的。风在冬季的感觉中，自古占着重要的因素，而白马湖的风尤其特别。

现在，一家傺居上海多日了，偶然于夜深人静时听到风声，大家就要提起白马湖来，说"白马湖不知今夜又刮得怎样厉害哩！"

白马湖

朱自清

今天是个下雨的日子。这使我想起了白马湖；因为我第一回到白马湖，正是微风飘萧的春日。

白马湖在甬绍铁道的驿亭站，是个极小极小的乡下地方。在北方说起这个名字，管保一百个人一百个人不知道。但那却是一个不坏的地方。这名字先就是一个不坏的名字。据说从前（宋时？）有个姓周的骑白马入湖仙去，所以有这个名字。这个故事也是一个不坏的故事。假使你乐意搜集，或也可编成一本小书，交北新书局印去。

白马湖并非圆圆的或方方的一个湖，如你所想到的，这是曲曲折折大大小小许多湖的总名。湖水清极了，如你所能想到的，一点儿不含糊像镜子。沿铁路的水，再没有比这里清的，这是公论。遇到旱年的夏季，别处湖里都长了草，这里却还是一清如故。白马湖最大的，也是最好的一个，便是我们住过的屋的门前那一个。那个湖不算小，但湖口让两面的山包抄住了。外面只见微微的碧波而已，想不到有那么大的一片。湖的尽里头，有一个三四十户人家的村落，叫作西徐岙，因为姓徐的多。这村落与外面本是不相通的，村里人要出来得撑船。后来春晖中学在湖边造了房子，这才造了两座玲珑的小木桥，筑起一道煤屑路，直通到驿亭车站。那是窄窄的一条人行路，蜿蜒曲折的，路上虽常不见人，走起来却不见寂寞。尤其在微雨的春天，一个初到的来客，他左顾右盼，是只有觉得热闹的。

春晖中学在湖的最胜处，我们住过的屋也相去不远，是半西式。湖光山色从门里、从墙头进来，到我们窗前、桌上。我们几家接连着；丐翁的家最讲究。屋里有名人字画，有古瓷，有铜佛，院子里满种着花。屋子里的陈设又常常变换，给人新鲜的受用。他有这样好的屋子，又是好客如命，我们便不时地上他家里喝老酒。丐翁夫人的烹调也极好，每回总是满满的盘碗拿出来，空空的收回去。白马湖最好的时候是黄昏。湖上的山笼着一层青色的薄雾，在水里映着参差的模糊的影子。水光微微地暗淡，像是一面古铜镜。轻风吹来，有一两缕波纹，但随即平静了。天上偶见几只归鸟，我们看着它们越飞越远，直到不见为止。这个时候便是我们喝酒的时候。我们说话很少，上了灯话才多些，但大家都已微有醉意。是该回家的时候了。若有月光也许还得徘徊一会；若是黑夜，便在暗里摸索醉着回去。

　　白马湖的春日自然最好。山是青得要滴下来，水是满满的、软软的。小马路的两边，一株间一株地种着小桃与杨柳。小桃上各缀着几朵重瓣的红花，像夜空的疏星。杨柳在暖风里不住地摇曳。在这路上走着，时而听见锐而长的火车的笛声是别有风味的。在春天，不论是晴是雨，是月夜是黑夜，白马湖都好。——雨中田里菜花的颜色最早鲜艳；黑夜虽什么不见，但可静静地受用春天的力量。夏夜也有好处，有月时可以在湖里划小船，四面满是青霭。船上望别的村庄，像是蜃楼海市，浮在水上，迷离惝恍的；有时听见人声或犬吠，大有世外之感。若没有月呢，便在田野里看萤火。那萤火不是一星半点儿的，如你们在城中所见；那是成千成百的萤火。一片儿飞出来，像金线网似的，又像耍着许多火绳似的。只有一层使我愤恨。那里水田多，蚊子太多，而且几乎全闪闪烁烁是疟蚊子。我们一家都染了疟疾，至今三四年了，还有未断根的。蚊子多足以减少露坐夜谈或划船夜游的兴致，这未免是美中不足了。

　　离开白马湖是三年前的一个冬日。前一晚"别筵"上，有丏翁与云君，我不能忘记丏翁，那是一个真挚豪爽的朋友。但我也不能忘记云君，我应该这样说，那是一个可爱的——孩子。

绿

朱自清

　　我第二次到仙岩的时候，我惊诧于梅雨潭的绿了。

　　梅雨潭是一个瀑布潭。仙岩有三个瀑布，梅雨瀑最低。走到山边，便听见哗哗哗哗的声音；抬起头，镶在两条湿湿的黑边儿里的，一带白而发亮的水便呈现于眼前了。我们先到梅雨亭。梅雨亭正对着那条瀑布；坐在亭边，不必仰头，便可见它的全体了。亭下深深的便是梅雨潭。这个亭踞在突出的一角的岩石上，上下都空空儿的；仿佛一只苍鹰展着翼翅浮在天宇中一般。三面都是山，像半个环儿拥着；人如在井底了。这是一个秋季的薄阴的天气。

　　微微的云在我们顶上流着；岩面与草丛都从润湿中透出几分油油的绿意。而瀑布也似乎分外的响了。那瀑布从上面冲下，仿佛已被扯成大小的几绺；不复是一幅整齐而平滑的布。岩上有许多棱角；瀑流经过时，作急剧的撞击，便飞花碎玉般乱溅着了。那溅着的水花，晶莹而多芒；远望去，像一朵朵小小的白梅，微雨似的纷纷落着。据说，这就是梅雨潭之所以得名了。但我觉得像杨花，格外确切些。轻风起来时，点点随风飘散，那更是杨花了。——这时偶然有几点送入我们温暖的怀里，便倏地钻了进去，再也寻它不着。

梅雨潭闪闪的绿色招引着我们，我们开始追捉她那离合的神光了。揪着草，攀着乱石，小心探身下去，又鞠躬过了一个石穹门，便到了汪汪一碧的潭边了。瀑布在襟袖之间；但我的心中已没有瀑布了。我的心随潭水的绿而摇荡。那醉人的绿呀！仿佛一张极大极大的荷叶铺着，满是奇异的绿呀。我想张开两臂抱住她；但这是怎样一个妄想呀。——站在水边，望到那面，居然觉着有些远呢！这平铺着，厚积着的绿，着实可爱。她松松的皱缬着，像少妇拖着的裙幅；她轻轻的摆弄着，像跳动的初恋的处女的心；她滑滑的明亮着，像涂了"明油"一般，有鸡蛋清那样软，那样嫩，令人想着所曾触过的最嫩的皮肤；她又不杂些儿尘滓，宛然一块温润的碧玉，只清清的一色——但你却看不透她！

我曾见过北京什刹海拂地的绿杨，脱不了鹅黄的底子，似乎太淡了。我又曾见过杭州虎跑寺近旁高峻而深密的"绿壁"，丛叠着无穷的碧草与绿叶的，那又似乎太浓了。其余呢，西湖的波太明了，秦淮河的水又太暗了。可爱的，我将什么来比拟你呢？我怎么比拟得出呢？大约潭是很深的，故能蕴蓄着这样奇异的绿；仿佛蔚蓝的天融了一块在里面似的，这才这般的鲜润呀。——那醉人的绿呀！我若能裁你以为带，我将赠给那轻盈的舞女；她必能临风飘举了。我若能挹你以为眼，我将赠给那善歌的盲妹；她必明眸善睐了。我舍不得你；我怎舍得你呢？我用手拍着你，抚摩着你，如同一个十二三岁的小姑娘。我又掬你入口，便是吻着她了。我送你一个名字，我从此叫你"女儿绿"好么？

　　我第二次到仙岩的时候，我不禁惊诧于梅雨潭的绿了。

溪水

苏雪林

我们携着手走进林子，溪水漾着笑窝，似乎欢迎我们的双影。这道溪流，本来温柔得像少女般可爱，但不知何时流入森林，她的身体便被囚禁在重叠的浓翠中间。

早晨时她不能面向玫瑰色的朝阳微笑，夜深时不能和娟娟的月儿谈心，她的明澈莹晶的眼波，渐渐变成忧郁的深蓝色，时时凄咽着忧伤的调子。她是如何的沉闷呵！在夏天的时候。

几番秋雨之后，溪水涨了几篙；早凋的梧楸，飞尽了翠叶；黄金色的晓霞，从杈丫树隙里，深入溪中，泼靛的波面，便泛出彩虹似的光。

现在，水恢复从前的活泼和快乐了，一面急忙地向前走着，一面还要和沿途遇见的落叶、枯枝……淘气。

一张小小的红叶儿，听了狡狯的西风劝告，私下离开母校出来顽玩。走到半路上，风偷偷儿地溜走了，他便一跤跌在溪水里。

水是怎样的开心呵，她将那可怜的失路的小红叶儿，推推挤挤地推到一个漩涡里，使他滴滴溜溜地打圆转儿；那叶向前不得，向后不能，急得几乎哭出来；水笑嘻嘻地将手一松，他才一溜烟地逃走了。

水是这样欢喜捉弄人的，但流到坝塘边，她自己的磨难也来了。你记得么？坝下边不是有许多大石头，阻住水的去路？

水初流到石边时，还是不经意的涎着脸撒娇撒痴的要求石头放行，但石头却像没有耳朵似的，板着冷静的面孔，一点儿不理。于是水开始娇嗔起来了，拼命向石头冲突过去；冲突激烈时，浅碧的衣裳袒开了，露出雪白的胸臂，肺叶收放，呼吸极其急促，发出怒吼的声音来，缕缕银丝头发，四散飞起。

劈劈啪啪，温柔的巴掌，尽打在石头皱纹深陷的颊边，——她真的怒了，不是儿戏。

谁说石头是始终顽固的呢？巴掌来得狠了，也不得不低头躲避。于是水安然渡过难关了。

她虽然得胜了。然而弄得异常疲倦，曳了浅碧的衣裳去时，我们还听见她断续的喘息声。

我们到这树林中来，总要到这坝塘边参观水石的争执，一坐总是一两个钟头。

富屯溪

郭　风

　　它的两岸，有多少水磨？巨大的水轮欢乐地旋转着又旋转着，有撒散着一串串的珍珠，在挥动着清冽的风；我看见近旁的鲜草一直在晃动着，那里有永不停息的风。

　　它的两岸，有多少渡口？从陡峭的岸边，砌着一级一级的石级，渡船停在石级旁边，渡船载着四乡的社员，载着伐木工人、水文工作者、森林工作者、铁路员工、公路的养路工，——哦，我看见两位水兵，他们的飘带在山风中飘动，他们回到林区来探亲吗？他们也坐在渡船上……渡船在两岸间繁忙地来往过渡。

　　它的两岸，山有多高？林有多深？哦，四月来了(接着，五月又来了)。那是什么样的星星、灿烂地缀满着林间？它的两岸，岭上的杉木和马尾松林，开放了多少灿烂的松花和杉花：山风吹起了，黄色的、芬芳的、散发着蜜一般甜味的花粉，在风中好像金黄的、尘埃一般的细雾，四处纷飞着，浮着……

它的两岸，山有多高？林有多深？有白色的烟，黄色的烟，沿林梢冉冉地上升。那是伐木场冒起的炊烟？（我知道，沿岸的深岭间，有多少松树皮盖成屋顶、用竹片编成房墙的伐木工人的别致住所）那是林区公社社办的或者是队办的林产化工厂冒起的浓烟，在林梢冉冉地上升？（我知道，沿岸的深岭间，有多少古老的祠堂改为化工厂，它们出产各种芳香油，提炼人造石油，制造纤维板……）

山有多高？水有多深？富屯溪呵，在你的为两岸的高山上的森林照耀得永远是碧绿的水面上，有多少木筏结成长长的队伍，激奋地，欢乐地，往下流，向闽江奔腾而去呵。哦，四月来，接着五月又来了，木筏的繁忙季节呵！

浯溪胜迹

叶　紫

湘河的水，从祁阳以上，就渐渐地清澈，湍急起来。九月的朝阳，温和地从两岸的树尖透到河上，散布着破碎的金光。我们蹲在小茅船的头上，顺流地，轻飘地浮动着。从浅水处，还可以看到一颗一颗的水晶似的圆石子儿，在激流中翻滚。船夫的篙子，落在圆石子里不时发出沙沙地响叫。

"还有好远呢？"我不耐烦地向我的朋友问。

"看啦！就是前面的那个树林子。"

船慢，人急，我耐不住地命令着船夫靠了岸。我觉得徒步实在比乘船来得爽快些，况且主要的还是为了要游古迹。

跑到了那个林子里，首先映入我的眼帘来的，便是许多刻字的石壁。我走近前来，一块一块地过细地把它体认。

当中的一块最大的，约有两丈高，一丈多长，还特盖了一个亭子替它做掩护的，是"大唐中兴颂"。我的朋友说：浯溪所以成为这样著名的古迹的原因，就完全依靠着这块"颂"字，是颜真卿的手笔：颂词，是元吉撰的。那时候颜真卿贬道州，什么事都心灰意懒，字也不写，文章也不做；后来唐皇又把他赦回去做京官了，路过祁阳，才高高兴兴地写了这块碑。不料这碑一留下，以后专门跑到浯溪来写碑的，便一朝一代的多起来了。你一块我一块，都以和颜真卿的石碑相并立为荣幸。一直到现在，差不多满山野都是石碑。刘镛的啦！何子贞的啦！张之洞的啦……

转过那许多石碑的侧面，就是浯溪。我们在溪上的石桥上蹲了一会儿：溪，并不宽大，而且还有许多地方已经枯涸，似乎寻不出它的什么值得称颂的特点来。溪桥的左面，置放有一块黑色的、方尺大小的石板，名曰"镜石"；在那黑石板上用水一浇，便镜子似的，可以把对河的景物照得清清楚楚。据说：这块石板在民国初年，曾被官家运到北京去过，因为在北京没有浯溪的水浇，照不出景致，便仍旧将它送回来了。"镜石"的不能躺在北京古物馆里受抬举，大约也是"命中注定"了的吧。

另外，在那林子的里边，还有一个别墅和一座古庙；那别墅，原本是清朝的一位做过官的旗人建筑的。那旗人因为也会写字，也会吟诗，也会爱古迹，所以便永远地居留在这里。现在呢？那别墅已经是"人亡物在"，破碎得只剩下一个外型了。

之后，我的朋友又指示我去看了一块刻在悬崖上的权奸的字迹。他说，那便是浯溪最伟大和最堪回味的一块碑了。那碑是明朝的宰相严嵩南下时写下的。四个"圣寿万年"比方桌还大的字，倒悬地深刻在那石崖上，足足有二十多丈高。那不知道怎样刻上去的。自来就没有人能够上去印下来过。吴佩孚驻扎祁阳时，用一连兵，架上几个木架，费了大半个月的功夫，还只印下来半张。这，就可以想见当年刻上去的工程的浩大了。

我高兴地把它详细地察看了一会儿，仰着，差不多把脑袋都抬得昏眩了。

"唔！真是哩！……"我不由地也附和了一声。

游完，回到小茅船上的时候，已经是正午了。我不知道是什么缘故，虽然没有吃饭，心中倒很觉得饱饱的。也许景致太优美了的缘故吧，我是这样的想。然而，我却引起了一些不可抑制的多余的感慨(游山玩水的人大抵都是有感慨的，我当然不能例外)。我觉得，无论是在什么时候，做奴才的，总是很难经常地博到主子的欢心的，即算你会吹会拍到怎样的厉害。在主子高兴的时候，他可不惜给你一块吃剩的骨头尝尝；不高兴时，就索性一脚把你踢开了，无论你怎样地会摇起尾巴来哀告。颜真卿的贬道州总该不是犯了什么大不了的罪过吧！严嵩时时刻刻不忘"圣寿万年"，结果还是做叫花子散场，这真是有点太说不过去了。然而，奴才们对主子为什么始终要那样地驯服呢？即算是在现在。啊，肉骨头的魔力啊！

当小船停泊到城楼边，大家已经踏上了码头的时候，我还一直在这些杂乱的思潮中打转。

歌溪

吴　然

这是条爱唱歌的溪流，村里的人们叫它"歌溪"。

歌溪的水多么清，多么凉啊！它从很远的山涧里流出来，它的两岸，是浓密的树林。

有一段，它的水是银亮的，闪着光，从长满苔藓的山崖上跳下来，溅起一蓬一蓬亮晶晶的水花。它在那里积了很深的水潭。歌溪的这一段像一个调皮的、不懂事的孩子，它的歌声有点粗野。

顺着一条光滑的石板，潭里的水急速地向下流淌。石板上披覆着长长的青苔，像鲜绿的丝线，又像姐姐的长发。歌溪的这段像一个活泼的孩子，它的歌充满了欢乐。

慢慢地，歌溪变得文静起来。它静静地流着，流着。啊！它的水变得绿盈盈的了，是那掩映着歌溪的团团绿树化的吧？歌溪的歌声变得非常美妙。那一路的绿树林里，有无数的鸟儿在合唱。

金翅鸟、杜鹃鸟、画眉鸟，这些有名的鸟中歌手，自然是最活跃的。无数的鸟的叫声在鸣啭，这里"咕咕"，那里"喳喳"，一片喜歌！就是嗓音很粗的大山雀、白头翁，也少不了要表演一番低音独唱，把"咕哪噜，咕嘟噜"的叫声，拖得老长老长的。找工雀、布谷鸟的歌声，有时会盖过许多鸟儿的合唱。不过，谁也不会说它们骄傲。

更快乐的日子，是在夏天。歌溪这时涨水了，可还是那么清！它打着漩，在水面上泛起一圈一圈浮雕一般的花纹。脱光衣服，大声笑着，叫着，我们跳进水里去了，水花溅得老高！本来就活蹦乱跳的歌溪，响起一片打水声，笑声，喷鼻子声，以及故意地乱喊乱叫声，整个歌溪越发欢腾了。

我们比赛着游到对面，爬到一片被太阳晒得发烫的大石板上，平躺着，翻扑着身子，让太阳猛晒！晒够了，或一个跟着一个，或争先恐后地直向水里跳。噗咚，噗咚，歌溪里立即出现许多黑黑的小脑袋。我们一任自己高兴。在水里翻筋斗，侧身游，仰面游，高声叫，欢声笑，虽然被水呛得咳嗽，却还是撒欢儿地打水仗，水花在阳光下闪耀！

有时候，我喜欢一个人仰面朝天，躺在水上，任凭歌溪载着，随意漂流。我穿过浓密的树荫，柔软的柳条拂着我的脸，无比的凉爽使我有些害怕。稍稍闭一下眼睛，穿过树荫，我看着湛蓝的天空，一团一团的云朵，白得耀眼，在慢慢地移动。

两岸闪着太阳的金光，鸟儿唱着，知了叫着，同伴们欢笑着。我不由得一个翻身，想一把抱住歌溪……

歌溪啊，你给了我们多少欢乐！

趵突泉的欣赏

老　舍

千佛山、大明湖和趵突泉，是济南的三大名胜。现在单讲趵突泉。

在西门外的桥上，便看见一溪活水，清浅，鲜洁，由南向北的流着。这就是由趵突泉流出来的。设若没有这泉，济南定会丢失了一半的美。但是泉的所在地并不是我们理想中的一个美景。这又是个中国人的征服自然的办法，那就是说，凡是自然的恩赐交到中国人手里就会把它弄得丑陋不堪。这块地方已经成了个市场。南门外是一片喊声，几阵臭气，从卖大碗面条与肉包子的棚子里出来。

进了门有个小院，差不多是四方的。这里，"一毛钱四块"和"两毛钱一双"的喊声，与外面的"吃来"连成一片。一座假山，奇丑；穿过山洞，接连不断的棚子与地摊，东洋布，东洋瓷，东洋玩具，东洋……加劲的表示着中国人怎样热烈的

"不"抵制劣货。这里很不易走过去，乡下人一群跟着一群的来提倡日货，把路塞住。他们没有例外的全张着嘴，葱味四射。没有例外的全买一件东西还三次价，走开又回来摸索四五次。小脚妇女更了不得，你往左躲，她往左扭；你往右躲，她往右扭，反正不许你痛快的过去。

到了泉池，北岸上一座神殿，南西东三面全是唱鼓书的茶棚，唱的多半是梨花大鼓，一声"哟"要拉长几分钟，猛听颇像产科医院的病室。除了茶棚还是日货摊子——说点别的吧！

泉太好了。泉池差不多见方，三个泉口偏西，北边便是条小溪流向西门去。看那三个大泉，一年四季，昼夜不停，老那么翻滚。你立定呆呆地看三分钟，你便觉出自然的伟大，使你不敢再正眼去看。永远那么纯洁，永远那么活泼，永远那么鲜明，冒，冒，冒，永不疲乏，永不退缩，只是自然有这样的力量！冬天更好，泉上起了一片热气，白而轻软，在深绿的长草藻上飘荡着，使你不由得想起一种似乎神秘的境界。

池边还有小泉呢：有的像大鱼吐水，极轻快的上来一串水泡；有的像一串明珠，走到中途又歪下去，真像一串珍珠在水里斜放着；有的半天才上来一个水泡，大，扁一点，慢慢的，有姿态的，摇动上来；碎了；看，又来了一个！有的好几串小碎珠一齐挤上来，像一朵攒整齐的珠花，雪白。有的……这比那大泉还更有味。

新近为增加河水的水量，又下了六根铁管，做成六个泉眼，水流得也很旺，但是我还是爱那原来的三个。

看完了泉，再往北走，经过一些货摊，便出了北门。

前年冬天一把大火把泉池南边的棚子都烧了。有机会改造了！造成一个公园，各处安着喷水管！东边做个游泳池！有许多人这样的盼望。可是，席棚又搭好了，渐次改成了木板棚；乡下人只知道趵突泉，把摊子移到"商场"去（就离趵突泉几步）买卖就受损失了；于是"商场"四大皆空，还叫趵突泉做日货销售场；也许有道理。

瀑布

吴　珹

发源于深山幽谷，汇聚着山泉雨露。

流呀，流呀，唱着迷人的歌，要浇绿千里沃野，要投入万顷碧波。

远大的抱负，赋予了它勇敢刚强的性格。小石块阻拦不了它，小水潭挽留不了它，小花草吸引不了它。

向前！向前！心中回响着大地和海洋的召唤，唱着豪迈的歌，经历九曲流程，冲破一切羁绊。

当它向深谷飞腾的时候，喷云吐雾，发出了生命的威力，生命的光辉，生命的歌声……

多么壮美啊，一泻千丈的瀑布。

林海

老　舍

　　大兴安岭这个"岭"字，跟秦岭的"岭"可大不一样。这里的岭的确很多，横着的，顺着的，高点儿的，矮点儿的，长点儿的，短点儿的，可是没有一条使人想起"云横秦岭"那种险句。多少条岭啊，在疾驶的火车上看了几个钟头，既看不完，也看不厌。每条岭都是那么温柔，自山脚至岭顶长满了珍贵的树木，谁也不孤峰突起，盛气凌人。

　　目之所及，哪里都是绿的。的确是林海，群岭起伏的林海的波浪。多少种绿颜色呀：深的，浅的，明的，暗的，绿得难以形容。恐怕只有画家才能描出这么多的绿颜色来呢！

　　兴安岭上千般宝，第一应夸落叶松。是的，这里是落叶松的海洋。看，海边上不是还泛着白色的浪花吗？那是些俏丽的白桦的银裙，不是像海边的浪花吗？

　　两山之间往往流动着清可见底的小河。河岸上有多少野花呀。我是爱花的人，到这里我却叫不出那些花的名儿来。兴安岭多么会打扮自己呀：青松作衫，白桦为裙，还穿着绣花鞋。连树与树之间的空隙也不缺乏彩：松影下开着各种小花，招来各色的小蝴蝶——它们很亲热地落在客人身上。花丛里还隐藏着珊瑚珠似的小红豆。兴安岭中酒厂所造的红豆酒，就是用这些小野果酿成的，味道很好。

看到数不尽的青松白桦，谁能不学向四面八方望一望呢？有多少省市用过这里的木材呀，大至矿井、铁路，小至椽柱、桌椅。千山一碧，万古常青，恰好与广厦、良材联系在一起。所以，兴安岭越看越可爱！它的美丽与建设结为一体，美得并不空洞。叫人心中感到亲切、舒服。

及至看到了林场，这种亲切之感更加深厚了。我们伐木取材，也造林护苗，一手砍一手栽。我们不仅取宝，也作科学研究，使林海不但能够万古常青，而且可以综合利用。山林中已经有不少的市镇，给兴安岭添上了新的景色，添上了愉快的劳动歌声。人与山的关系日益密切，怎能不使我们感到亲切、舒服呢？我不晓得当初为什么管它叫兴安岭，由今天看来，它的确有兴国安邦的意义。

海上的日出

巴　金

　　为了看日出，我常常早起。那时天还没有大亮，周围非常清静，船上只有机器的响声。

　　天空还是一片浅蓝，颜色很浅。转眼间天边出现了一道红霞，慢慢地在扩大它的范围，加强它的亮光。我知道太阳要从天边升起来了，便不转眼地望着那里。

　　果然，过了一会儿，在那个地方出现了太阳的小半边脸，红是真红，却没有亮光。太阳好像负着重荷似的一步一步、慢慢地努力上升，到了最后，终于冲破了云霞，完全跳出了海面，颜色红得非常可爱。一刹那间，这个深红的圆东西，忽然发出了夺目的亮光，射得人眼睛发痛，它旁边的云片也突然有了光彩。

　　有时太阳走进了云堆中，它的光线却从云层里射下来，直射到水面上。这时候要分辨出哪里是水，哪里是天，倒也不容易，因为我就只看见一片灿烂的亮光。

有时天边有黑云，而且云片很厚，太阳出来，人眼还看不见。然而太阳在黑云里放射的光芒，透过黑云的重围，替黑云镶了一道发光的金边。后来太阳才慢慢地冲出重围，出现在天空，甚至把黑云也染成了紫色或者红色。这时候光亮的不仅是太阳、云和海水，连我自己也成了光亮的了。

这不是很伟大的奇观么？

海上生明月

巴 金

　　四围都静寂了。太阳也收敛了它最后的光芒。炎热的空气中开始有了凉意。微风掠过了万顷烟波。船像一只大鱼在这汪洋的海上游泳。突然间，一轮红黄色大圆镜似的满月从海上升了起来。这时并没有万丈光芒来护持它。它只是一面明亮的宝镜，而且并没有夺目的光辉。但是青天的一角却被它染成了杏红的颜色。看！天公画出了一幅何等优美的图画！它给人们的印象，要超过所有的人间名作。

　　这面大圆镜愈往上升便愈缩小，红色也愈淡，不久它到了半天，就成了一轮皓月。这时上面有无际的青天，下面有无涯的碧海，我们这小小的孤舟真可以比作沧海的一粟。不消说，悬挂在天空的月轮月月依然，年年如此。而我们这些旅客，在这海上却只是暂时的过客罢了。

　　与晚风、明月为友，这种趣味是不能用文字描写的。可是真正能够做到与晚风、明月为友的，就只有那些以海为家的人！我虽不能以海为家，但做了一个海上的过客，也是幸事。

上船以来见过几次海上的明月。最难忘的就是最近的一夜。我们吃过午餐后在舱面散步，忽然看见远远的一盏红灯挂在一个石壁上面。这红灯并不亮。后来船走了许久，这盏石壁上的灯还是在原处。难道船没有走么？但是我们明明看见船在走。后来这个闷葫芦终于给打破了。红灯渐渐地大起来，成了一面圆镜，腰间绕着一根黑带。它不断地向上升，突破了黑云，到了半天。我才知道这是一轮明月，先前被我认为石壁的，乃是层层的黑云。

说几句爱海的孩子气的话

冰　心

白发的老医生对我说："可喜你已大好了，城市与你不宜，今夏海滨之行，也是取消了为妙。"

这句话如同平地起了一个焦雷！

学问未必都在书本上。纽约、康桥、芝加哥这些人烟稠密的地方，终身不去也没有什么，只是说不许我到海边去，这却太使我伤心了。

我抬头张目地说："不，你没有阻止我到海边去的意思！"

他笑道："是的，我不愿意你到海边去，太潮湿了，于你新愈的身体没有好处。"

我们争执了半点钟，至终他说："那么你去一个礼拜罢！"他又笑说："其实秋后的湖上，也够你玩的了！"

我爱慰冰，无非也是海的关系。若完全地叫湖光代替了海色，我似乎不大甘心。

可怜，沙穰的六个多月，除了小小的流泉外，连慰冰都看不见！山也是可爱的，但和海比，的确比不起，我有我的理由！

人常常说："海阔天空。"只有在海上的时候，才觉得天空阔远到了尽量处。在山上的时候，走到岩壁中间，有时只见一线天光。即或是到了山顶，而因着天末是山，天与地的界线便起伏不平，不如水平线的齐整。

海是蓝色灰色的。山是黄色绿色的。拿颜色来比，山也比海不过，蓝色灰色含着庄严淡远的意味，黄色绿色却未免浅显小气一些。固然我们常以黄色为至尊，皇帝的龙袍是黄色的，但皇帝称为"天子"，天比皇帝还尊贵，而天却是蓝色的。

海是动的，山是静的；海是活泼的，山是呆板的。昼长人静的时候，天气又热，凝神望着青山，黑郁郁的一片，连绵不断，如同病牛一般。而海呢，你看她没有一刻静止！从天边微波粼粼的直卷到岸边，触着崖石，更欣然地溅跃了起来，开了灿然万朵的银花！

四围是大海，与四围是乱山，两者相较，是如何滋味，看古诗便可知道。比如说海上山上看月出，古诗说："南山塞天地，日月石上生。"细细咀嚼，这两句形容乱山，形容得极好，而光景何等臃肿，崎岖，僵冷，读了不使人生快感。而"海上生明月，天涯共此时"，也是月出，光景却何等妩媚，遥远，璀璨！

原也是的，海上没有红白紫黄的野花，没有蓝雀红襟等等美丽的小鸟。然而野花到秋冬之间，便都萎谢，反予人以凋落的凄凉。海上的朝霞晚霞，天上水里反映到不止红白紫黄这几个颜色。这一片花，却是四时不断的。说到飞鸟，蓝雀红襟自然也可爱，而海上的沙鸥，白胸翠羽，轻盈地飘浮在浪花之上，"凌波微步，罗袜生尘"。看见蓝雀红襟，只使我联忆到"山禽自唤名"，而见海鸥，却使我联忆到千古颂赞美人，颂赞到绝顶的句子，是"婉若游龙，翩若惊鸿"！

在海上又使人有透视的能力，这句话天然是真的！你倚阑俯视，你不由自主地要想起这万顷碧琉璃之下，有什么明珠，什么珊瑚，什么龙女，什么鲛纱。在山上呢，很少使人想到山石黄泉以下，有什么金银铜铁。因为海水透明，天然地有引人们思想往深里去的趋向。

简直越说越没有完了，总而言之，统而言之，我以为海比山强得多。说句极端的话，假如我犯了天条，赐我自杀，我也愿投海，不愿坠崖！

争论真有意思！我对于山和海的品评，小朋友们愈和我辩驳愈好。"人心之不同，各如其面"，这样世界上才有个不同和变换。假如世界上的人都是一样的脸，我必不愿见人。假如天下人都是一样的嗜好，穿衣服的颜色式样都是一般的，则世界成了一个大学校，男女老幼都穿一样的制服。想至此不但好笑，而且无味！再一说，如大家都爱海呢，大家都搬到海上去，我又不得清静了！

大海

（挪威）基　兰

　　世界上，最宏大的是海，最有耐心的也是海。海，像一只驯良的大象，把地球上微不足道的人驮在宽阔的背上，而浩瀚渊深的、绿绿苍苍的海水，却在吞噬大地上的一切灾难。如果说海是狡诈的，那可不正确，因为它从来不许诺什么。它那颗巨大的心——在苦难深重的世界上，这是唯一健康的心——既没有什么奢望，也没有任何留恋，总在平静而自由地跳动。

　　人们在海浪上航行的时候，大海唱着它那古老的歌儿。许多人根本不懂得这些歌儿，不过，对于听到这种歌声的人来说，感觉是各不相同的，因为大海对每一个迎面相逢的人，用的是各种特殊的语言。

　　对于正在捕捉螃蟹的赤足孩子，绿波闪闪的大海露出一副笑脸；在轮船前面，大海涌起蓝色的狂涛，把清凉的、咸味的飞沫抛上甲板；在海岸边，浓浊的灰色的巨浪碰得粉碎；人们困乏的眼睛久久地望着岸旁灰白色的碎浪时，长条的浪花却像灿烂的彩虹，正在冲刷平坦的沙滩。在惊涛拍岸的隆隆声中，有一种神秘的意味，每一个人都想着自己的心事，肯定地点一点头，似乎认为海是他的朋友——这位朋友什么都知道，什么都记得。

然而谁也不明白，对于海边的居民来说，海究竟是什么——他们从来没有谈到过这一点，尽管在海的面前过了一辈子。海既是他们的人类社会，也是他们的顾问；海既是他们的朋友，又是他们的敌人；海既是他们的劳动场所，又是他们的坟墓。因此，他们都是沉默寡言的。海的态度起了变化，他们的神色也跟着变化——时而平静，时而惊慌，时而执拗。

可是，让这样一个海滨居民迁到山里或者异常美妙的峡谷里，给他最好的食物和十分柔软的卧铺——他是不肯尝这种食物，也不愿睡这种卧铺的。他会不由自主地从一座山岗攀上另一座山岗，直到很远很远的地平线上露出一种熟悉的、蓝色的东西。那时候，他的心会愉快地跳动起来，他会盯住远处一条亮闪闪的蓝色带子，直到这条带子扩大成为碧蓝的海面。

但是，他一句话也不说……

海边

葛翠琳

涨潮

黎明，海边多么宁静。渔帆漂向远方，海天相连一片朦胧。一排排波浪，奔跑着，翻滚着，涌向前来，哗！撞在礁石上，溅起雪白的浪花，发出快活的笑声。浪花跳跃着，落进大海里，又汇成波浪，奔流向前，一片欢腾……

一双双小脚丫和海浪比赛，看谁跑得快！海浪追上来了，勇猛、迅速，翻着跟头儿，奔流向前，抹掉了一串串小脚印儿，把孩子们送上了沙滩。哗，哗……涨潮呢！那尖利的礁石不见了，只留下一片浪花在海面旋转。你知道吗？大海不会停止跳动，涨潮了，海浪滚滚向前，谁站住不动，就会给巨浪淹没，埋在大海里边。

赶海

晚霞告别大海，留下绚丽的光焰。落潮了，海浪把无数的宝贝悄悄地留在海滩。美丽的贝壳，晶莹光洁的石卵，琥珀色的海带，可爱的海星海胆，小螃蟹藏在石缝里，海砺子挂在礁石上边，海蛤躲在细沙底下，海螺躺在温暖的沙滩……

海鸟自由地飞来飞去，和浪花悄声细语；大海虽然富足，却又非常严厉；它慷慨，但从不轻易地给予。"收获需要耐心和毅力"，这是大海的谚语。孩子们在赶海时，把这句话记在了心里。

快乐的小浪花

快乐的小浪花，活泼的小浪花，勇敢向前，什么困难也不怕。以顽强的毅力，冲向礁石，一次、两次、千百万次，把尖利的礁石改变了形状；一次、又一次，蹦跳着、欢笑着，以坚定的信心，迎来灿烂的朝霞。手牵手，推着巨轮远航，迎着狂风，更显得精神焕发。快乐的小浪花，活泼的小浪花，向前、向前，任何挫折也不怕。谁给它们无穷的力量和智慧？是亲爱的大海妈妈。

红海上的一幕

孙福熙

太阳做完了竟日普照的事业，在万物送别他的时候，他还显出十分的壮丽。他披上红袍，光芒万丈，云霞布阵，换起与主将一色的制服，听候号令。尽天所覆的大圆镜上，鼓起微波，远近同一节奏的轻舞，以歌颂他的功德，以惋惜他的离去。

景物忽然变动了，云霞移转，歌舞紧急，我战战兢兢地凝视，看宇宙间将有何种变化；太阳骤然躲入一块紫云后面了。海面失色，立即转为幽暗，彩云惊惧，屏足不敢喘息。金线万条，透射云际，使人领受最后的恩惠，然而他又出来了。他之藏匿是欲缓和人们在他去后的相思的。

我俯首看自己，见是照得满身光彩。正在欣幸而惭愧，回头看见我的背影。从船上投射海中，眼光跟了他过去，在无尽的远处，窥见紫帷后的圆月，岂敢相信他是我的影迎来的！

天生丽质，羞见人世，他启幕轻步而上，四顾静寂，不禁迟回。海如青绒的地毯，依微风的韵调而抑扬吟咏。薄霭是紫绢的背景。衬托皎月，愈显丰姿。青云侍侧，桃花覆顶，在这时候，他预备他灵感一切的事业了。

我渐渐地仰头上去，看红云渐淡而渐青，经过天中，沿弧线而下，青天渐淡而渐红，太阳就在这红云的中间。月与日正在船的左右，而我们是向正南进行——海行九天以来，至现在始辨方向。

我很勇壮，因为我饱餐一切色彩；我很清醒，因为我畅饮一切光辉。我为我的朋友们喜悦：他们所瞩望的我在这富有壮丽与优秀的大宇宙中了！

水面上的一点日影渐与太阳的圆球相接而相合，迎之而去了，太阳不想留恋，谁也不能挽留；空虚的舞台上唯留光明的小云，在可羡的布景前闪烁，听满场的鼓掌。

月亮是何等的圆润呵，远胜珠玉。他已高升，而且已远比初出时明亮了。他照临我，投射我的影子到无尽远处，追上太阳。月光是太阳的返照，然而他自有风格，绝不与太阳同德性。凉风经过他的旁边，裙钗摇曳，而他的目光愈是清澈了。他柔抚万物，以灵魂分给他们，使各个自然地知道填入诗句，合奏他新成的曲调。此时唯有皎洁，唯有凉爽，从气中，从水上，缥缈宇内。这是安慰，这是休息。这样的直至太阳再来时，再开始大家的工作。

我的伊豆

（日本）川端康成

伊豆是诗的故乡，世上的人这么说。

伊豆是日本历史的缩影，一个历史学家这么说。

伊豆是南国的楷模，我要再加上一句。

伊豆是所有的山色海景的画廊，还可以这么说。

整个伊豆半岛是一座大花园，一所大游乐场。就是说，伊豆半岛到处都具有大自然的惠赠，都富有美丽的变化。

如今，伊豆有三个入口：下田、三岛修善寺、热海。不管从哪里进去，首先迎接你的，是堪称伊豆的乳汁和肌体的温泉。然而，由于选择的入口不同，你定会感到有三个各不相同的伊豆呢。

北面的修善寺和南面的下田这两条通道，在天城山口相会合。山北称外伊豆，属田方郡；山南称内伊豆，属贺茂郡。南北两面不仅植物种类和花期各异，而且山南的天空和海色，都洋溢着南国的气息。天城火山脉东西约四十四千米，南北约二十四千米，占据着半岛的三分之一。海面的黑潮从三面包围着半岛。这山，这海，便是给伊豆增添光彩的两大要素。倘若把茶花当作海岸边的花，那么，石楠花就是天城山上的花。山谷幽邃，原生林木森严茂密，使你很难想象这原是个小小的半岛。天城山是闻名的狩鹿的场所，只有翻过这座山峦，才能尝到伊豆旅情的滋味。

开往热海的火车时髦得很，称为"罗曼车"。情死是热海的名产。热海是伊豆的都会，它是在关东温泉之乡中富有现代特征的城市。倘若把修善寺称为历史上的温泉，那么，热海便是地理上的温泉。修善寺附近，清静，幽寂；热海附近，热烈，俏丽。伊豆到伊东一带的海岸线，令人想起南欧来，这里显示着伊豆明朗的容颜。同是南国风韵，伊豆的海岸线多像一曲素朴的牧歌啊。

伊豆有热海、伊东、修善寺和长冈四大温泉，共有二三十个喷口，仅伊东就有数百处泉流。这些都是玄岳火山、天城火山、猫越火山、达磨火山的遗迹。伊豆，是男性火山之国的代表。此外，热海的间歇泉，下加茂岭的吹上温泉，拍击着半岛南端的石廊崎的巨涛，狩野川的洪水，海岸线的岩壁，茂盛的植物……所有这些，都带着男性的威力。

然而，各处涌流的泉水，使人联想起女乳的温暖和丰足，这种女性般的温暖与丰足，正是伊豆的生命。尽管田地极少，但这里有合作村，有无税町，有山珍海味，有饱享黑潮和日光馈赠、呈现着麦青肤色的温淑的女子。

铁路只有热海线和修善寺线，而且只通到伊豆的入口，在丹那线和伊豆环行线建成之前，这里的交通很是不便。代之而起的是四通八达的公共汽车。走在伊豆的旅途上，随时可以听到马车的笛韵和江湖艺人的歌唱。

主干道随着海滨和河畔延伸。有的由热海通向伊东，有的由下田通向东海岸，有的沿西海岸绵延开去，有的顺着狩野川畔直上天城山，再沿着海津川和逆川南下……温泉就散缀在这些公路的两旁。此外，由箱根到热海的山道，猫越的松崎道，由修善寺通向伊东的山道，所有这些山道，也都把伊豆当成了旅途中的乐园和画廊。

伊豆半岛西起骏河湾，东至相模湾，南北约五十九千米，东西最宽处约三十六千米，面积约四百零六平方千米，占静冈县的五分之一。面积虽小，但海岸线比起骏河、远江两地的总和还长。火山重叠，地形复杂，致使伊豆的风物极富于变化。

现在，人们都这么说，伊豆的长津吕是全日本气候最宜人的地方，整个半岛就像一座大花园。然而在奈良时代，这里却是可怕的流放地。到源赖朝举兵时，才开始兴旺发达起来。幕府末期，曾一度有外国黑船侵入。这里的史迹不可胜数，其中有范赖、赖家遭受禁闭的修善寺，有掘越御所的遗址，有北条早云的韭山城等。

　　请不要忘记，自古以来，伊豆在日本造船史上发挥着重大的作用，这正因为伊豆是大海和森林的故乡啊。

（陈德文 译）

相模滩的落日

（日本）德富芦花

　　暮秋的高风已经停息，傍晚的天空清澈无云。伫立远眺伊豆山的落日，不禁使人感到遍及世界的和平毕竟是长久的。

　　落日从接地到隐没需三分钟。

　　日始西斜时，由富士至相豆，山影迷茫。太阳即所谓白日，顾名思义，恐怕正是那耀眼的白光使群山为之翕目的吧。

　　日愈斜了。从富士到相豆，群山那紫色的外表罩上了金烟。

　　此刻，若站在海滨望去，就会观赏到落日跌入大海，把余晖一直倾泻到自己脚下的壮丽景象。海上的点点行舟闪耀着金光，逗子浜一带的山峦、砂砾、房屋、松树，乃至人、翻倒的鱼篓、散落的草屑，无不在灼灼燃烧。

　　在这静谧的黄昏观赏落日，宛如服侍圣人临终，极其庄严。即使是凡夫俗子也会觉得身受灵光之后，肉体消融，只剩下灵魂安然独立海滨。

物体已经融入心底，全无喜尽悲极之感。

夕阳继续西沉，挨近伊豆山时，相豆山骤然变成一片灰蓝，只有富士山头的紫气还泛着金光。夕阳终于被伊豆山衔住，每落一分，浮在海面上的余晖就影退一里。夕阳从容漫步，一寸寸，一分分，频频顾眄着离弃的世界，悠然而沉。

此刻，落日还剩一分，突然一滑，变得如同一弯秀眉、眉被削成线、线又缩为点……顷刻消失不见了。

举目对空，世界上没有了太阳。光明消失了，群山、大海露出怅然愁容。西沉的太阳把所有的余晖全都洒向暮空，形如万箭齐发。西边金灿的天际，顿时变成了橘黄色，好似伟人逝去一般。

残阳方落，富士就蒙上了灰色。接着，橘黄的西天幻化成一片朱红，继而又变为灰蒙蒙的桦树皮色。明星在日暮的相模滩上空眨起眼睛，似乎是在相约明天的日出。

自然之声

（日本）德富芦花

今年五月中旬，我在耸立于伊香保西边的高根山峰顶，侍草而坐。

前面，大壑赫然张开巨口。隔着这条沟壑，左首耸立着榛名富士，右首矗立着乌帽子岳。两山之间，夹峙着榛名湖，水窄如一幅白练。湖的对面，扫部岳和鬓栉岳等高山临水而立，将湖面映衬得更加低平。乌帽子岳右面是信越境的群山，雪光灿灿，如波涛绵亘于天际。

近处诸山，呈现出一派绛紫色的肌肤。其间，屹然耸立于大壑之旁、嵯峨挺拔的乌帽子岳，山头皆由峭立的碧石织成。山肌历经风雨霜雪的剥蚀，形成条条襞沟。适值五月中旬，春天来到了山中。山表和山度的腹沟里长满了孢类植物，青叶如织，恰似几条青龙蜿蜒下山而来。又像饱涨的绿瀑，从榛名富士山麓跌落下来，汇成绿色的流水，一起奔注到右边的大壑之

227

中。壑底立即腾起几座小山，掀起绿色的余波。

时候正是午后二时许。空气凝重，闷热。西边天空露出古铜色。满眼青山，沉沉无声。吓人的寂静充盈着山谷。

坐了片刻，乌帽子岳上空，浓云翻卷，色如泼墨。不知从何处传来了殷殷雷鸣。顿时，空气沉滞，满目山色变得忧戚而昏暗。忽然，一阵冷风，飒然拂面。湖水声，雨声，摇撼千山万谷的树木枝条的声音，在山谷里骤然而起，弥漫天地。山岳同风雨激战，矢石交飞，杀声震耳。

抬眼远望，乌帽子岳以西诸山，云雾蒙蒙，一片灰蓝。这里正当风刀雨剑，激战方酣之时，国境边上的群山，雪光鲜亮，倚天蹈地，峭然矗立。中军、殿军排列二十余里，仿佛等待着风雨的来袭。宛如滑铁卢的英军布阵，沉郁悲壮。使人感到，处处浸满大自然的雄奇的威力。大壑上面，凸现着一棵古老的枹树，一只枭鸟兀立枝头，频频鸣叫。

已而，雷声大作。云在我的头上黑黑的遮蔽着。风飒飒震撼着山壑。豆大的雨滴，一点、两点……千万点，噼噼啪啪落下来。

蓦然间，我冲出风雨雷电的重围，直向山口的茶馆飞跑而去。

（陈德文 译）

古都礼赞（二则）

（日本）山东魁夷

丹山

东山浸在碧青的暮霭里，樱花以东山为背景，缭乱地开放，散发着清芬。这株垂樱，仿佛萦聚着整个京华盛春的美景。

枝条上坠满了数不清的淡红的璎珞，地上没有一片落花。

山顶明净。月儿刚刚探出头来。又圆又大的月亮，静静地浮上绛紫的天空。

这时，花仰望着月。

月也看着花。

樱树周围，那小型的彩灯，篝火的红焰，杂沓的人影，所有的一切，都从地面上销声匿迹了，只剩下月和花的天地。

这就是所谓的有缘之遇吗?

这就是所谓的生命吗?

平安神宫

雨,下着。

绯红的垂樱,深深地埋着头,渗出浓丽的色彩。雨珠在蓓蕾的尖端上,在花瓣的边缘上涨大着,透过红色,闪着白光,簌簌散落。接着,第二个雨珠又涨大了……

苍龙池有圆形的桥墩。穿过沼泽,雨水在浅露的地表上聚成浑圆的水洼。池面上满布着浑圆的水纹,无声地扩展着。

在天空和水池的一片明净中,屋脊上装饰着凤凰的水榭,回映出一条沉稳的平行线来。

雨,下着。

这樱花,这林泉,今朝都沉醉在高雅和洁美的气氛里了。这些都是悠然飘零的雨所赐给的吧?

(陈德文 译)

世间最美的坟墓
——记1928年的一次俄国旅行

（奥地利）茨威格

　　我在俄国所见到的景物再没有比托尔斯泰墓更宏伟、更感人的了。这将被后代怀着敬畏之情朝拜的尊严圣地，远离尘嚣，孤零零地躺在林荫里。顺着一条羊肠小路信步走去，穿过林间空地和灌木丛，便到了墓冢前；这只是一个长方形的土堆而已，无人守护，无人管理，只有几株大树荫庇。他的外孙女跟我讲，这些高大挺拔、在初秋的风中微微摇动的树木是托尔斯泰亲手栽种的。小的时候，他的哥哥尼古莱和他听保姆或村妇讲过一个古老传说，提到亲手种树的地方会变成幸福的所在。于是他们俩就在自己庄园的某块地上栽了几株树苗，这个儿童游戏不久也就忘了。托尔斯泰晚年才想起这桩儿时往事和关于幸福的奇妙许诺，饱经忧患的老人突然从中获得了一个新的、更美好的启示。他当即表示愿意将来埋骨于那些他亲手栽种的树木之下。

后来就这样办了，完全按照托尔斯泰的愿望；他的坟墓成了世间最美的、给人印象最深刻的、最感人的坟墓。它只是树林中的一个小小的长方形土丘，上面开满鲜花，没有十字架，没有墓碑，没有墓志铭，连托尔斯泰这个名字也没有。这个比谁都感到受自己的声名所累的伟人，就像偶尔被发现的流浪汉、不为人知的士兵一般不留名姓地被人埋葬了。谁都可以踏进他最后的安息地，围在四周的稀疏的木栅栏是不关闭的——保护列夫·托尔斯泰得以安息的没有任何别的东西，唯有人们的敬意；而通常，人们却总是怀着好奇，去破坏伟人墓地的宁静。这里，逼人的朴素禁锢住任何一种观赏的闲情，并且不容许你大声说话。风儿在俯临这座无名者之墓的树木之间飒飒响着，和暖的阳光在坟头嬉戏；冬天，白雪温柔地覆盖这片幽暗的土地。无论你在夏天和冬天经过这儿，你都想象不到，这个小小的、隆起的长方形包容着当代最伟大的人物当中的一个。然而，恰恰是不留姓名，比所有挖空心思置办的大理石和奢华装饰更扣人心弦；在今天这个特殊的日子里，成百上千到他的安息地来的人中间没有一个有勇气，哪怕仅仅从这幽暗的土丘上摘下一朵花留作纪念。人们重新感到，这个世界上再也没有比这最后留下的、纪念碑式的朴素更打动人心的了。残废者大教堂大理石穹窿底下拿破仑的墓穴，魏玛公侯之墓中歌德的灵寝，西敏斯寺里莎士比亚的石棺，看上去都不像树林中的这个只有风儿低吟，甚至全无人声，庄严肃穆，感人至深的无名墓冢那样能剧烈震撼每一个人内心深藏着的感情。

（张厚仁 译）

村

（俄罗斯）屠格涅夫

　　这是六月的最后一天。在周围一千俄里之内，便是俄罗斯——我的故乡。

　　均匀的蓝色染满了整个天空；天上只有一片云彩——不知是在飘浮呢，还是在消散。没有风，天气晴和……空气像新鲜牛奶那样清净！

　　云雀在高声鸣叫；鼓胸鸽在咕咕低语；燕子在静悄悄地飞翔；马儿有的在打着响鼻，有的在嚼草；狗儿没有发出吠声，站在一旁温驯地摇着尾巴。

　　空气里散发着烟和青草的气味，还夹杂着一点儿松脂和皮革的气味。大麻田里开满了大麻花，散发着浓郁的令人愉快的芳香。

　　一条深深的斜谷。两边种着成排的杨树，枝叶婆娑，下面的树干却已龟裂了。一条小溪沿着山谷流去；透过碧清的涟漪，溪底的小石仿佛在颤动。远处，在天和地的交界线上，出现了一条大河的碧流。

　　沿着山谷——一边是整齐的小粮仓，门儿紧闭着的小堆栈；旁边是五六间薄木板屋顶的松木小农舍。每个屋顶都竖着一根长长的掠鸟竿；每家门前都有一匹结实健壮的短鬃小马。粗糙不平的窗玻璃上，辉映出彩虹的色彩。木板套窗上描绘了花瓶。每座小农舍前，都端端正正地摆着一张完好的条凳；猫儿在土堆上曲蜷成团，耸着透明的耳朵；高高的门槛外边，是凉爽幽暗的阴影。

　　我铺开马衣，躺在山谷的边缘，四周是一堆堆香气扑鼻、刚刚割下的干草堆。机灵的农人们，把干草散放在小农舍前边，让它在向阳处晒得更干透一些，然后再从那儿放到草棚去！要是睡在那上面，再舒服不过了！

　　孩子们卷发的头，从每个干草堆里钻出来，有冠毛的牝鸡，在干草中寻觅着蚊蚋和甲虫。一只白唇小狗，在蓬乱的草堆里翻滚。

　　亚麻色头发的少年们穿着洁净的低束着腰带的衬衫，足蹬笨重的镶边皮靴，胸部靠在卸了马的大车上，彼此交谈着有趣的话题，谑笑着。

　　一个圆脸的年轻女人，从窗口伸出头来探望，她笑着，不知是听了他们的话发笑呢，还是在笑干草堆里喧闹的孩子们。

　　另一个年轻女人用两只有力的手，从井里拉出一个湿淋淋的大吊桶……吊桶不住地颤抖，在绳子尾端摇晃，掉出长长的闪光的水滴。

在我面前，站着一个老农妇，穿着新的方格布裙子和崭新的毛皮鞋。

一挂大空心串珠在她黝黑干瘦的脖子上绕了三圈；一块染有红点点的黄色头巾裹着她的头发，直垂到黯淡无神的眼睛上边。

可是，她那对老眼睛却含着欢迎的笑意，整张布满皱纹的脸上，堆满了笑容。想必这老太婆已经年逾七旬了……然而即使是现在，也还可以看出来：她年轻的时候曾是个美人！

她伸开晒黑的右手手指，直接从地窖里拿出一壶上面浮着一层奶酪的冷牛奶；壶唇四边沾着点点奶汁，好像一串串珍珠。老太婆用右手掌递给我一大块还热烘烘的面包。"吃吧，"她说，"祝您健康，远方的客人！"

一只雄鸡忽然高声啼鸣，并且烦躁地拍着翅膀，响应它的是头拴着的牛犊不急不忙的哞哞声。

"啊呀，多好的燕麦！"传来我的马车夫的话声。

呵，俄罗斯自由之村的富足、宁静、丰饶啊！呵，和平和幸福啊！

我于是想到，对我们这儿的人说来，君士坦丁堡的圣索菲亚教堂圆顶上的十字架，以及我们城里人所孜孜追求的一切，又算得什么呢？

（黄伟经 译）

田园诗情

（捷克）卡列尔·恰佩克

　　荷兰，是水之国，花之国，也是牧场之国。一条条运河之间的绿色低地上，黑白花牛，白头黑牛，白腰蓝嘴黑牛，在低头吃草。有的牛背上盖着防潮的毛毡。牛群吃草反刍，有时站立不动，仿佛正在思考什么。牛犊的模样像贵夫人，仪态端庄。老牛好似牛群的家长，无比尊严。极目远眺，四周全是碧绿的丝绒般的草原和黑白两色的花牛。这就是真正的荷兰。

　　这是真正的荷兰：碧绿色的低地镶嵌在一条条运河之间，成群的骏马，剽悍强壮，腿粗如圆柱，鬃毛随风飞扬。除了深深的野草遮掩着的运河，没有什么能够阻挡它们飞驰到乌德列支或兹伏勒。辽阔无垠的原野似乎归它们所有，它们是这个自由王国的主人和公爵。

　　低地上还有白色的绵羊，它们在天堂般的绿色草原上，悠然自得。黑色的猪群，不停地呼噜着，像是对什么表示赞许。

还有成千上万的小鸡，长毛山羊，但没有一个人影。这就是真正的荷兰。

只有到了傍晚，才看见有人驾着小船过来，坐上小板凳，给严肃沉默的奶牛挤奶。金色的晚霞铺在西天，远处偶尔传来汽笛声，接着又是一片寂静。在这里，谁都不叫喊吆喝，牛的脖子上的铃铛也没有响声，挤奶的人更是默默无言。

运河之中，装满奶桶的船只舒缓平稳地行驶，汽车火车，都装载着一罐一罐的牛奶运往城市。车过之后，一切又归于平静。狗不叫，圈里的牛不发出哞哞声，马蹄也不踢马房的挡板，真是万籁俱寂。沉睡的牲畜，无声的低地，漆黑的夜晚，只有远处的几座灯塔在闪烁着微弱的光芒。

这就是那真正的荷兰。

（万世荣 译）

农家

（瑞士）赫·黑塞

　　当我重新见到阿尔卑斯山南麓这块福地时，我仿佛总觉得自己从流亡中回到了故乡，仿佛终于又站在我理应站的山的那一边。这里，太阳更亲切，群山更红，这里生长栗子、葡萄、杏仁、无花果，人们善良、友好、彬彬有礼，虽说他们都很贫穷。他们所建造的一切，看起来是那么好，那么恰当而可爱，仿佛都是自然生成的。房屋、围墙、葡萄山的石级、道路、种植地和梯田，这一切既不新也不旧，这一切仿佛不是靠劳动建造的，不是用脑筋想出来的，不是巧夺天工的，而是像岩石、树木、苔藓一样自然形成的。葡萄山的围墙、房屋、屋顶，这一切都是由同样的褐色片麻岩石砌成的，这一切相辅相成，像弟兄手足一般。没有一样看来是陌生的、怀有敌意的和粗暴无情的，一切都显得亲切、欢畅和睦邻友好。

　　你愿坐在哪里就坐在哪里，围墙上、岩石上或者树桩上，

239

草地上或者土地上，全都可以；不论你坐在哪里，你周围都是一幅画和一首诗，你周围的世界汇成优美而幸福的清音。

这里是贫穷农民居住的一个田庄。他们没有牛，只有猪、羊和鸡，他们种植葡萄、玉米、果树和蔬菜。这所房屋全部是石头砌成的，连地板和楼梯也是，两根石柱间一道凿成的石级通往场院。不论在哪里，植物和山头之间，都浮现出蓝色的湖光。

忧和虑仿佛已留在雪山那边了。处在受折磨的人和可憎的事情之间，人们的忧虑实在太多了！在那里，要找到生存的理由，是那么困难，又是那么至关重要。不然的话，人该怎么生活呢？面对真正的不幸，人们煞费苦心，郁郁寡欢。——在这里，不存在难办的问题，生存无须辩护，思索变成了游戏。人们感觉到：世界是美丽的，生命是短暂的，但不是万念皆灭。我想再增一对眼睛，一叶肺。我把双腿伸进草丛里，并希望它们变得更长一些。

我愿成为一个巨人，那样，我就可以把头枕在积雪旁一处高山牧场上的羊群中间，我的脚趾则伸进山下深深的湖中去戏水。我就可以这样躺着，永远不站起来，在我的手指间长出灌木丛，在我的头发里开出杜鹃花，我的双膝变成前山，我的躯体上将建起葡萄山、房屋和小教堂。我就这样躺上千万年，对着天空眨眨眼睛，对着湖水眨眨眼睛。我一打喷嚏，便是一阵雷雨。我呵上一口气，积雪融化，瀑布舞蹈。我死了，整个世界也死了。随后我在宇宙中漂洋过海，去取一个新的太阳。

这一夜我将睡在哪里？反正都一样！世界在做什么？创造出了新的神、新的法律、新的自由？反正都一样！但是，这儿山上还开着一朵樱草花，叶子上银珠点点，那儿山下的白杨树间，甜蜜的微风在歌唱，在我的眼睛和天空之间，有一只深金色的蜜蜂在嗡嗡乱飞——这可不是一回事。它哼着幸福的歌，它哼着永恒的歌。它的歌是我的世界史。

（胡其鼎 译）

塞纳河岸的早晨

（法国）法郎士

　　在给景物披上无限温情的淡灰色的清晨，我喜欢从窗口眺望塞纳河和它的两岸。

　　我见过那不勒斯海湾的明净的蓝天，但我们巴黎的天空更加活跃、更加亲切、更加蕴蓄。它像人们的眼睛，懂得微笑、愤慨、悲伤和欢乐。此刻的阳光照耀着城内为生计忙碌的居民和牲畜。

　　对岸，圣尼古拉港的强者忙着从船上卸下牛角，而站在跳板上的搬运工轻快地传递着糖块，把货物装进船舱里。北岸，梧桐树下排列着出租马车和马匹，它们把头埋在饲料袋里，平静地咀嚼着燕麦；而车夫们站在酒店的柜台前喝酒，一面用眼角窥伺着可能出现的早起的顾客。

　　旧书商把他们的书箱安放在岸边的护墙上。这些善良的精神商人长年累月生活在露天里，任风儿吹拂他们的长衫。经过风雨、霜雪、烟雾和烈日的磨炼，他们变得好像大教堂的古老雕像。他们都是我的朋友。每当我从他们的书箱前走过，都能发现一两本我需要的书，一两本我在别处找不到的书。

一阵风刮起了街心的尘土，有叶翼的梧桐籽和从马嘴里漏下的干草末。别人对这飞扬的尘土可能毫无感触，可是它使我忆起了我在童年时代凝视过的同样的情景，使我这个老巴黎人的灵魂为之激动。我面前是何等宏伟的图景：状如顶针的凯旋门、光荣的塞纳河和河上的桥梁、杜伊勒利宫的椵树、好像雕镂的珍品的文艺复兴时代的卢浮宫、最远处的夏约岗；右边新桥方向是令人肃然起敬的古老的巴黎，它的塔楼和高耸的尖屋顶。这一切就是我的生命，就是我自己。要是没有这些以我的思想的无数细微变化反映在我身上，激励我、赐我活力的东西，我也不就存在了。因此，我以无限的深情热爱巴黎。

然而，我厌倦了。我觉得生活在一座思想如此活跃，并且教会我思想和敦促我不断思想的城市里，人们是无法休息的，在这些不断撩拨我的好奇心，使它疲惫但又永远不能使它满足的书堆里，怎么能够不兴奋、激动呢？

（程依荣 译）

杜伊勒利官

（法国）普鲁斯特

> 诗人的生活方式应当简朴单纯，任何风吹草动也能让他赏心悦目，一缕阳光足以使他欣喜，空气足以启迪他的灵感，流水足以令他陶醉。
>
> ——爱默生

杜伊勒利官花园的早晨，阳光轮番在每一级石头台阶上酣睡，宛如一位金发少年，飘过的乌云顷刻间打断了阳光的小睡。古老官殿的对面新枝嫩芽青翠葱茏。迷人的微风夹杂着悠悠岁月的芬芳，传送着丁香花的清香。公共场所的雕像疯狂得让人毛骨悚然，而这里的雕像却犹如在千金榆树丛中梦幻的圣贤，溢彩流光的青枝绿叶掩盖了他们的苍白。湛蓝的天空慵懒地平躺在水池底端，就像明亮的眼睛炯炯发光。从水边的平台上可以看见从河对岸的凯道赛这个古老街区走出来的一个骑兵徐徐而行，人们仿佛置身于上个世纪。旋花从天竺葵的花坛中奔涌而出，天芥菜在炽热的阳光逼挤下散发出浓郁的芳香。卢浮宫前挺立的蜀葵，轻盈挺拔有如桅杆，高贵典雅有如圆柱，红润光艳有如少女的花容。射向天空的喷泉水柱在阳光之下泛现出虹彩，发出爱的叹息。平台尽头，一个石雕的骑士凝固不动地跨着疾驰的奔马，嘴唇上贴着一支欢快的号角，浑身上下洋溢着春天的盎然气息。

　　然而，天色渐渐阴沉，快要下雨了。水池不再泛出蓝莹莹的光彩，仿佛目光迷惘的眼睛或盛满泪水的花瓶。微风鞭策着荒唐的喷泉越来越快地射向天空，唱出眼下充满讽刺意味的赞歌。丁香无济于事的甜蜜是一种无尽的悲哀。那边，被固定在坐骑上毫无知觉的骑士正摆出一个不变而又疯狂的姿势猛蹬他的马飞奔，在漆黑的天空中无止无休地吹奏号角。

（张小鲁 译）

威尼斯之夜

（法国）乔治·桑

　　威尼斯蓝天的妩媚和夜空的可爱是无法用语言来描绘的。在那明净的夜晚，湖面水平如镜，连星星的倒影也不会有丝毫颤动。泛舟湖心，四周一片蔚蓝、宁静，真是水天一色，使人如入甜美欲睡的绮丽梦境一般；空气是那么清澈、透明，抬头望去，这儿的星星似乎远比我们法兰西北部夜空中的星星要多。我发现，由于夜空到处布满星辰，那深蓝的夜色都变得暗淡了，融入了一片星辉。

　　如果你想领略一番这儿独有的清新和恬静，你可以在这迷人的夜晚去皇家花园附近，沿着大理石台阶往下，直到运河边上。要是那里镀金的栅栏已经关上，那你可以乘坐一种名叫冈多拉的风格独特的威尼斯小艇，缓缓荡去，到那夕阳余温尚未散尽的石板小路旁，那里就不再会有人来打扰你的宁静。晚风从椵树顶上轻轻吹过，把片片花瓣洒落到水面上，天竺葵和三叶草淡淡的芳香一阵阵向你袭来。圣玛利亚教堂那雪花石膏的圆顶和螺旋形的尖塔在夜空中高高地耸立着，周围的一切，包括作为威尼斯三绝的碧水、蓝天和色调明丽的大理石，都给抹上了一层薄薄的银辉。当圣马可大教堂顶楼上的钟声在空中徐徐回荡时，就会有一种难以言传的平静感透入你的灵魂，使你觉得整个身心都已溶化在那足以忘掉一切的安谧和静止之中了。

（薛菲 译）

密西西比河风光

（法国）夏多布里昂

密西西比河两岸风光旖旎。

西岸，草原一望无际；绿色的波浪逶迤而去，在天际同蓝天连成一片。三四千头一群的野牛在广阔无垠的草原上漫游。有时，一头年迈的野牛劈开波涛，游到河心小岛上，卧在高深的草丛里。看它头上的两弯新月，看它沾满淤泥的飘拂的长髯，你可能把它当成河神。它踌躇满志，望着那壮阔的河流和繁茂而荒野的两岸。

以上是西岸的情景。东岸的风光不同，同西岸形成令人赞叹的对比。河边、山巅、岩石上、幽谷里，各种颜色、各种芳香的树木杂处一堂，茁壮生长；它们高耸入云，为目力所不及。野葡萄、喇叭花，苦苹果在树下交错，在树枝上攀缘，一直爬到顶梢。它们从槭树伸延到鹅掌楸，从鹅掌楸延伸到蜀葵，形成无数洞穴、无数拱顶、无数柱廊，那些在树间攀缘的藤蔓常常迷失方向，它们越过小溪，在水面搭起花桥。木兰树在丛莽之中挺拔而起，耸立着它静止不动的锥形圆顶；它树顶开放的硕大的白花，俯瞰着整个丛林；除了在它身边摇着绿扇的棕榈，没有任何树木可以同它媲美。

被创世主安排在这个偏远的丛莽中的无数动物给这个世界带来魅力和生气。在小路尽头，有几只因为吃饱了葡萄而醉态酩酊的熊，它们在小榆树的枝桠上蹒跚；鹿群在湖中沐浴；黑松鼠在茂密的树林中嬉戏；麻雀般大小的弗吉尼亚鸽从树上飞下来在长满红草莓的草地上踯躅；黄嘴的绿鹦鹉，映照成红色的绿啄木鸟和火焰般的红雀在柏树顶上飞来飞去；蜂鸟在佛罗里达茉莉上熠熠发光；而捕鸟为食的毒蛇倒挂在树枝交织而成的穹顶上，像藤蔓一样摇来摆去，同时发出阵阵嘶鸣。

如果说河对岸的草原上万籁无声，河这边却是一片骚动和聒噪：鸟喙啄击橡树干的笃笃声，野兽穿越丛林的沙沙声，动物吞吃食物或咬碎果核的哑哑声；潺潺的流水、啁啾的小鸟，低哞的野牛和咕咕叫的斑鸠使这荒野的世界充满一种亲切而粗犷的和谐。可是，如果一阵微风吹进这深邃的丛林，摇晃这些飘浮的物体，使白色、蓝色、绿色、玫瑰色的生物混杂交错，使所有的色调浑然一体，使所有的声音汇成合唱，那是多么奇伟的声音，多么壮观的景象！可是，对于没有亲临其境的人，这一切我是无从描绘的。

（程依荣 译）

再寄小读者·通讯七

冰 心

亲爱的小朋友：

　　昨天我们从意大利又回到瑞士，明天要出发到英国去了，三星期的意大利之游，应当对你们作一个总结。

　　我们访问了意大利的大小二十个城市，说一句总话，我实在喜欢意大利，首先是它的首都罗马，和我们的北京一样，是个美丽雄伟的首都。它的古老的建筑，和博物馆里的雕刻、绘画，以及出土的文物，都和北京的建筑和博物馆一样，充分地呈现了它的劳动人民的惊人的智慧！关于意大利，将来有时间再详细地述说，如今先举出几个最突出的印象，给小朋友们画一个轮廓。

　　第一个是：欧洲人说，意大利是用石头建造起来的，这是古意大利建筑的一个特点。古意大利的教堂宫殿、城堡、桥梁、街道……绝大部分都是用石头盖起铺起的，至少是建筑物外面都用的是石板、石片；仰顶和墙壁上都有各色花石宝石嵌镶的人物；屋顶上、喷泉上和广场上都有石像，一眼望去，给人一种坚洁清凉的感觉。意大利的美丽的建筑，可描写的真是太多了，我最喜欢的是比萨的斜塔、教堂和洗礼堂。这一簇简洁、玲珑而庄严的白石建筑，相依相衬地排列在角城墙的前面，使人看过永不会忘记！

第二个是：在意大利旅行，到处都离不了水。意大利的边界，有四分之三与水为邻，北部多山的地方，却有许多大大小小美丽的湖泊。各个城市里都有形形色色的喷泉，最奇丽的是罗马郊外的提伏里泉园。这座泉园原是皇家别墅，建造在小山上，园里大小有六千条喷泉，在山巅，在池上，在路旁……宽者如帘，细者如线，大的奔越下流，如同山间的瀑布，小的轻盈上喷，如同火树银花。一片清辉交织之中，再听到那"大珠小珠落玉盘"的大小错落的泉声，这个新奇的感受，也是使人永不忘记的！

但是，最使人不能忘却的，是意大利的可爱的人民！他们是才气横溢、热情奔放的：这表现在他们的天才的文艺创造上、科学的发明上，表现在他们为自由和独立的斗争上，表现在他们对朋友的热爱上。意大利人民把中国人民当作最好的朋友。他们关心我们，热爱我们。他们认为我们的成就，就是他们的成就；我们的胜利就是他们的胜利，中国人民一寸一尺的进步，都给他们以莫大的鼓舞。当我们离开意大利的前夕，在他们的英雄城市都灵，我们被邀到一个群众的集会——在这里应当补述一下：都灵城是在一九四五年，在它自己人民的艰苦斗争之下，得到解放的。这次的斗争，人民游击队死亡的数目，在百分之四十七以上！我们曾到烈士墓前，献过花束——这集会是在一个工人俱乐部召开的，会场上挤满了热情的男女老幼，台上横挂着"欢迎中国来宾"的中文标语(是意大利人自己写的)，长桌上摆满了大大小小的酒杯。他们送给我们都灵市特产的蜜甜的巧克力糖、猩红的玫瑰花，给我们满满地斟上香醇的都灵酒。他们的欢迎词，是真挚而热烈的。我们的每一句答词，都得到春雷般的鼓掌与欢呼。在饮酒叙谈的中间，都不断地有群众过来和我们握手拥抱，不断地也有儿童们送上画片，要求我们签名。谈到意大利的儿童，他们真是可爱！他们是那样的天真活泼，又是那样地温文有礼。在以后的通讯里，我要对你们谈一个意大利小姑娘所给我的深刻的印象。我们又在整装待发之中。"且听下回分解"吧！

　　我们在意大利的访问，就在上述的高涨的热潮中结束。回到旅馆已是半夜，我久久不能入睡！国际间劳动人民的和平友谊，是世界持久和平的最巩固的基础。在亚洲，在非洲，在欧洲，我们已有了亿万的和平宫的建筑工人，正在一砖一石地把屋基垒了起来。你们是我们的接班人，好好地继续努力吧！

你的朋友 冰心

1958 年 4 月 21 日 瑞士波尔尼